추승현

활동명 자판. 작가지망생, 무명작가 생활을 거치면서 5년간 고립 생활을 했다. 그 후 화성시청년지원센터에서 진행하는 청년도시학교 1기를 수료한 뒤 활동을 시작했다. 니트생활자에서 진행하는 니트컴퍼니 9기, 니트인베스트먼트 2기, 니트컴퍼니 13기에 참여했다. 고립 생활 이후의 경험을 바탕으로 에세이집 『우울하진 않지만 딱히 할 일도 없다』를 펴냈다. 현재는 고립청년 문제에 관심이 있어 관련 활동을 진행 중이다.

인스타그램 @musangbaesu

고립청년 생존기

추승현 인터뷰집

차례

서문

　고립청년을 인터뷰하게 된 이유는 여러 우연이 작용한 결과다. 그렇지만 무엇보다 나 자신이 고립청년 당사자였다. 오랜 기간 작가라는 꿈을 가졌지만 어떻게 해야 활로를 찾을 수 있을지 몰라서 방황했다. 경제적 여유가 없어서 사람 만나는 것을 최소화했다. 부모님에게 신세를 지면서 뭐라도 하라는 채근을 받았지만 그럴수록 더욱 움츠러들었다. 그때를 생각하면 선택지나 기회가 있었던 것 같다. 그렇지만 용기를 내지 못했다. 정보도 부족했고, 주변의 지지도 없었다. 정보는 어찌어찌 혼자서 찾는다고 하더라도, 지지가 없는 상태에서 용기를 발휘하기가 어려웠다. 그렇게 오 년이란 시간을 보냈다.

　돌이키면 내가 세상 바깥으로 나갈 수 있었던 것은 어느 정도 상황이 맞아 떨어졌기에 가능했다. 당시에 청년 커뮤니티에 대한 사회의 관심이 높아지면서 화성시에도 청년지원센터가 생겼다. 센터의 프로그램에 참여하면서 다양한 인연을 만났다. 그로 인해 용기를 얻고, 본격적으로 활동을 시작했다. 고립 생활이 길었기에 아직은 사회생활이 익숙지 않다. 사회 경험이 부족해서 시행착오도 겪었지만, 그것을 스스로 감당해야 했다. 그래도 그때는 주변의 도움이 있었기에 견딜 수 있었다.

사회적으로 은둔형 외톨이라는 단어가 자주 쓰이지만 은둔하는 청년 문제가 주목받으면서 고립·은둔 청년이란 단어가 사용되고 있다. 그러나 이 단어는 중장년의 고립·은둔 당사자를 포괄하지 못한다. 한편으로 은둔형 외톨이라는 어감이 부정적이기에 고립·은둔 당사자라는 말이 적당할 듯하다. 그러나 개인적으로 고립·은둔 경험은 청년에게 더 강하게 작용한다고 생각했고, 나 역시 같은 경험을 했기 때문에 인터뷰를 할 때도 진정성이 닿을 거라고 생각해서 인터뷰이의 대상을 청년으로 한정했다.

고립·은둔 경험에 대한 정의는 사람마다 각기 다르다. 일반적으로 정서적·물리적 고립감을 느낀 기간이 6개월 이상인 경우를 고립·은둔으로 본다. 이 중 고립은 사람들과 교류는 하지만 정서적·물리적 고립감을 해소하기 어려운 경우이고, 은둔은 정서적·물리적 고립감을 해소할 의지도 없이 외출을 최소화하는 경우다. 이 책에서는 고립과 은둔의 차이에 대해서 깊게 파고들지 않으려 한다. 다만 고립이 은둔보다 상위 개념이라 판단하여 이후의 내용에서 고립·은둔을 고립으로 통합했다. 다만 인터뷰이가 다른 단어를 사용한 경우 인터뷰이의 입말을 따라 그대로 적었다.

한편으로 인터뷰이를 모집할 때 '고립감을 느꼈던 청년'을 대상으로 했다. 실제 인터뷰이들은 고립 상태를 벗어난 사람들이 대부분이다. 고립청년 당사자를 인터뷰하면 좋겠지만 고립감을 느꼈던 청년으로 인터뷰이 대상을 확대한 까닭은 여러 이유가 있다. 우선 고립청년 당사자에게 접근하기가 쉽지 않다. 지인을 통해 수소문 하는 방법을 생각했지만 인터뷰어의 인간관계가 넓지 않아 이 방법은 어려웠다. 그래서 SNS를 통해 공개 모집을 했고, 니트생활자의 도움을 받기도 했다. 니트생활자는 무업 기간에 있는 청년들을 위한 프로그램을 운영하는 단체다. 실제로 니트생활자 프로그램에 참여하는 사람 중에 고립 당사자인 사람도 있다. 단체를 통해 비교적 근래까지 고립 경험을 했던 당사자들을 만나서 인터뷰 할 수 있었다.

인터뷰 대상자를 고립감을 느꼈던 청년으로 한 또 다른 이유는 고립의 경험이 꼭 고립청년 당사자에게 한정되지 않는다는 생각도 있었다. 세대 갈등, 공동체 부재, 심화된 경쟁, 각종 혐오

등으로 인해 현대의 청년이라면 누구나 고립감을 느낀다고 생각했다. 그리고 고립감을 느낀 경험으로부터 고립청년을 이해할 수 있는 단초를 얻을 수 있다고 생각했다. 그렇기에 인터뷰이 중에는 실제로 고립 경험을 했던 사람도 있지만 그런 경우와는 거리가 먼 사람이 있을 수 있다. 그럼에도 책의 제목에 고립청년을 넣은 까닭은 이 책이 고립청년 관련된 책으로서 세상에 조금이라도 알려졌으면 하는 개인적인 욕심에서다.

인터뷰를 하면서 중점에 두었던 것은 인터뷰이의 생애였다. 그가 무엇을 하며 살았고, 어떤 환경에서 지냈으며, 어떤 생각을 하는 사람인지를 중점으로 인터뷰했다. 그 후 고립감을 느낀 순간에 대해 인터뷰했다. 이렇게 인터뷰를 구성한 이유는 인터뷰이를 입체적으로 보이게 하기 위함이었다. 고립청년도 각자가 처한 환경이 다르기 때문에 개인마다 각자의 서사가 있음을 보여주고 싶었다. 한편으로 개인의 이야기로 아이스브레이킹을 하여 라포를 형성하려는 이유도 있었다.

인터뷰 내용에서 인터뷰이의 주관이 드러날 수 있지만 가급적이면 인터뷰이의 생각을 존중하려고 했다. 원고에 옮기는 과정에서 삭제할 수도 있었지만, 개인의 의견이라고 생각하여 최대한 살리는 쪽을 택했다. 이로 인해 독자가 불쾌감을 느낄 수 있다. 그렇지만 의견을 주장한 것일 뿐, 강요한 것은 아니라고 판단했다.

한편으로 인터뷰이의 생각이 각자 다르므로 인터뷰이 간의 생각이 충돌할 수도 있다. 여기에 대해서는 독자가 판단하게끔 하기 위해 따로 논평을 하지 않았다. 어떤 경우 인터뷰를 통해서 고립청년이 가진 공통적인 특징을 발견할 수도 있을 것이다. 그에 대한 생각 역시 독자의 판단에 맡긴다. 나 역시 느낀 바가 있지만 추후의 작업으로 그 생각을 풀고자 한다. 한편으로 기록이 단조롭거나 주제와 다소 벗어났다고 생각할 수 있다. 그렇게 느꼈다면 인터뷰를 진행한 인터뷰어의 역량이 부족한 탓이다.

사전에 인터뷰이에게 설문지를 준 후 답변을 받은 뒤 그 답변을 바탕으로 인터뷰를 진행했다. 이렇게 진행한 까닭은 인터뷰의 방향을 잃지 않기 위함이었고, 어디까지나 인터뷰이 위주의 인터뷰를 하기 위함이었다. 인터뷰지가 있다 보니 인터뷰의 방향은 선명했지만 오히려 경직된 분위기에서 진행되었다. 그렇기에 글의 흐름이 인터뷰이마다 비슷해서 안정적이라는 인상은 있지만, 개인의 내밀한 이야기를 제대로 끄집어 내지 못했다는 아쉬움도 있다.

사전 설문지를 만들기 위해 자료를 찾았다. 인터뷰 경험이 많지 않아 인터뷰집들을 읽었다. 그 중 『IMF 키즈의 생애』을 인상적으로 읽었다. 이 책은 IMF에 영향을 받은 IMF 키즈를 인터뷰한 책으로 주로 80년대생에 방점이 맞춰진다. 이 책의 인터뷰이 중에도 80년대생이 있고, 어쩌면 IMF의 영향을 받은 사람도 존재한다. 이런 점에서 고립청년도 사회적 배경으로부터 비롯한 문제라는 의심이 든다. 한편으로 설문지를 만들 때 기존의 연구 자료가 도움이 되었다. 〈광주광역시 은둔형외톨이 실태조사〉(광주광역시, 2020.), 〈서울시 고립·은둔 청년 실태조사 결과 보고서〉(서울시, 2022.12.), 〈2022 청년세대의 고립 보고서〉, (사단법인 오늘은, 2022.05.16.)가 참고가 되었다.

무엇보다 이 책은 연구서가 아니다. 연구서라면 인터뷰한 내용을 바탕으로 어떠한 결론을 도출하려고 할 것이다. 이 책은 어디까지나 인터뷰집이다. 이렇게 기획한 까닭은 스스로 연구자의 자질이 있다고 생각하지 않았으며, 어디까지나 고립청년의 삶을 들려주는 것이 주 과업이라 생각했기 때문이다. 그럼에도 고립청년에 관한 연구 역시 필요하고, 이 책이 그런 연구를 위해 도움이 된다면 그것으로 보람을 느낄 수 있을 것이다.

평생에 인터뷰집을 만들 것이라는 생각을 못했다. 인터뷰집을 만들겠다고 결심한 뒤, '청년예술인 자립지원'이라는 좋은 기회를 준 화성시문화재단 관계자 분들에게 감사드린다. 인터뷰이 섭외에 도움을 준 니트생활자 관계자 분들에게도 감사드린다. 혼자 작업하다 보니 중심을 잡기 어려웠는데 용기를 북돋

아주고, 여러 도움을 준 애인에게도 감사하다. 무엇보다 인터뷰에 참여해주신 모든 인터뷰이에게 감사드린다. 이들이 용기를 내어 인터뷰하지 않았다면 이 책은 결코 세상에 나올 수 없었을 것이다.

누누,
삶의 목표가
딱히 없었어요

자판 : 누누님은 어떤 분인가요?

누누 : 현재 청년 단체에 들어가서 전속 디자이너로 활동하고 있어요. 포스터 디자인과 웹 배너 디자인, 캐릭터 디자인을 동시에 하고 있어요.

유치원 때부터 그림을 좋아해서 초등학교 때 미술학원을 다녔어요. 그림 중에서도 만화를 배우고 싶었는데, 회화를 가르쳐 주니까 재미없어서 얼마 안 가 그만 뒀어요. 그때는 당연히 공부를 해야 한다는 분위기였고, 집안에 돈도 없으니까 미술 쪽으로 갈 생각은 아예 하지 못했어요. 매일 낙서처럼 그림을 그린 뒤 친구들에게 보여주고 잘 그렸다 하면 뿌듯해 하는 정도였어요.

중학생 때 만화 동아리를 들어갔어요. 같이 그림을 그리고 그걸로 굿즈도 만들어서 축제 때 팔아봤어요. 약간 허접한데 스캔한 그림을 코팅하고, 열쇠고리를 달아서 키링을 만들었어요. 그걸 처음 판매했을 때 내 그림이 이렇게 팔리는 구나 해서 신기하다고 생각했어요. 근데 만화 동아리 사람은 오타쿠라는 이미지가 있었기 때문에 끝까지 다니지 않고 탈퇴했고, 고등학교 가서도 계속 시험지 같은데다가 그림으로 낙서를 했어요. 그걸로 먹고 살 생각은 전혀 안 했고, 대학교 가서는 아예 잊고 살다가 어쩌다 그림을 그리게 되었어요.

저는 잘생기고 예쁜 사람을 그리거나, 그런 캐릭터를 그리는 걸 좋아해요. 그런데 사람들의 니즈가 귀여운 거기도 하고 빨리 그리려면 귀엽고 단순한 그림체여야 해서 그 그림체로 반백수 일기라는 인스타툰을 그렸어요. 그때는 아이패드도 없어서 색연필로 그렸고, 그걸로 팔로워를 190명 정도 모았다가 디자인 회사에 다니면서 흐지부지 됐어요. 그러다가 협업을 하면서 다시 1년 정도 꾸준히 그렸어요. 그때 올린 게시글만 해도 한 150편일 거예요. 100편 정도 그리고 난 후에는 다른 콘텐츠도 시도했는데 막상 제 거라고 할 수 있는 게 없었어요.

그래서 이제 내 캐릭터를 만들고 싶다 생각해서 친한 언니와 같이 얘기하다가 그 언니가 저와 닮은 동물로 토끼를 지목했어요. 그냥 토끼면 특색이 없으니까 내 얼굴과 같은 위치에 점을 찍어야 겠다 해서 만든 캐릭터를 지금 쓰고 있어요. 혼자 있는 시간도 많고, 생각도 많아서 그런 순간들을 캐릭터 그림으로 나누면 좋겠다고 생각했어요. 그래서 다시 인스타툰을 그렸는데 완벽주의 성향이 있어서 너무 오래 붙잡기도 했고, 연애를 시작하니까 그때 혼자 생각했던 것들이 생각이 안 나게 되더라고요. 소재가 고갈이 됐다고 생각해서 잠깐 쉬고 연애툰도 그렸는데 생각보다 그리는 게 쉽지 않기도 하고, 그릴 시간도 없어서 다시 캐릭터로 돌아오긴 했는데 지금은 뭘 할지 방향을 잃었어요.

혼자 해외여행을 가고, 그 계기로 해외에서 1년 동안 살기도 했어요. 처음에는 친척이 데리고 가서 일본을 한 번 갔는데 그때 너무 좋았어요. 여기는 혼자서도 오고 싶다 생각해서 준비를 했어요. 그 후 다른 도시로 여행을 갔는데 게스트하우스에서 새로운 친구도 사귀었어요. 생각보다 해외여행이 어려운 게 아니구나 생각했어요. 그 덕분에 4학년 1학기 때 교환학생을 했어요. 면접 보고 3지망이 되었는데 학교가 후쿠시마 근처여서 처음엔 조금 망설였어요. 그런데 엄마, 아빠가 뭘 고민하냐고 그냥 갔다 오라고 별로 대수롭지 않게 말해서 그냥 가기로 했어요.

거기는 만 나이로 입학을 해서 나이가 다들 저보다 훨씬 어렸어요. 저랑 거의 네다섯 살 차이 나는 애들이 1학년이었어요. 그럼에도 불구하고 그냥 서로 이름을 불러요. 그렇게 위계 없이 지내는 것도 재미있었고, 사람들 시선을 별로 안 쓰는 문화가 있다는 것도 알게 됐어요. 우리나라가 다른 사람한테 과하게 신경 쓰고 있다는 것을 느꼈어요. 거기는 대학생들도 화장을 하는 사람만 하고, 안 하는 사람도 많더라고요. 고등학교 때까지 다들 화장도 안 하는 것 같아요. 제가 갔던 지역이 지방이어서 애들이 순박해요. 제가 아이돌처럼 옷 잘 입고, 화장도 잘 한다고 애들이 좋아했어요.

가서는 한국인하고만 놀면 일본어가 안 는다는 얘기가 있었고, 일본의 동아리를 꼭 체험해보고 싶었어요. 때마침 관심 있었던 댄스 스포츠 동아리를 모집하는 곳에 혼자 갔다가 공연하는 거 보고, 오티도 구경하고 거기서 입부 신청서를 썼어요. 동아리 활동에 미쳐서 학교 수업은 대충 듣고 1년 동안 동아리만 열심히 했어요. 그래도 수업에서 다양한 국적의 친구들도 만나고, 숙소를 같이 쓰는 중국인 친구들하고도 친하게 지냈어요. 동아리에서 일본인 남자친구를 만나 일본에 있는 기간 내내 사귀었어요. 일본에서 즐길 수 있는 건 거의 다 즐기지 않았나 싶어요.

올해의 목표는 방향을 잡는 거예요. 디자이너로서도 어느 정도 자리를 잡고, 그림을 놓고 싶진 않으니까 방향을 명확히 하고 싶어요. 미래에는 얼굴이 안 알려진 유명한 작가가 됐으면 좋겠어요. 사람들이 제 그림이나 만화에 공감을 많이 했으면 좋겠고, 그때쯤이면 제 집 하나 정도는 있어서 그 집을 거점으로 두고 여기저기 가고 싶은 데를 돌아다니면서 작업하는 디지털 노마드의 삶을 살았으면 좋겠어요.

자판 : 가족은 어떤 분들인가요?

누누 : 할머니, 할아버지는 돈이 되는 일을 찾아서 했어요. 리어카를 끌고 다니면서 물건을 팔러 다니고, 그 일을 수십 년간 하면서 집을 마련했어요. 제가 어렸을 때 할아버지는 대장암에 걸리시고 이미 큰 수술을 많이 받으셔서 건강관리만 하시고 아무것도 하지 않았어요. 할머니는 근근이 시장에 나물을 팔러 가고, 부업으로 마늘 가게를 했었어요. 두 분은 일궈놓은 게 있어서 일을 하지 않아도 되는 상황이었어요. 집이 두 채가 있었고, 그 중 한 곳에서 가족이 살았어요.

친가는 전형적인 가부장이었어요. 아들이 가장 중요하고, 딸이 지원을 받지 못하는 가정이어서 고모들은 똑똑함에도 불구하고 대학교를 다니지 못했어요. 큰아빠랑 아빠는 지원을 받아서 둘 다 국립대를 졸업했는데, 큰아빠는 사업을 잘 하다가 실패했어요. 아빠는 사회가 원하는 남성상에 맞춰서 살려고 하고, 가정을 책임져야 하니까 원치 않는 직업을 얻었어요. 그마저도 이직을 해서 보험회사를 다녔고요. 근데 보험회사도 적성에 맞지 않았어요. 나중에 보니까 보험을 제대로 팔지 못해서 돌려막기를 하고 있었어요. 이것 때문에 스트레스를 받은 탓에 병에 걸린 것 같다고 생각해요. 2017년에 췌장암으로 일찍 돌아가셨거든요.

아빠는 지금 태어났으면 자기 성향을 알고 살았을 텐데 그러지 못했어요. 제가 생각하는 아빠의 MBTI는 INFP였을 것 같아요. 계획을 잘하는 스타일은 아니었어요. 내향적이기도 해서 사람들이랑 어울리지 않고, 혼자서 등산 다니는 걸 좋아했어요. 사회의 틀에 얽매이는 것을 힘들어 했어요. 만일 지금 태어났으면 디지털 노마드로 살았을 것 같아요. 그 중에서도 여행 작가를 하지 않았을까 싶어요. 사람들 얘기를 잘 들어줬어요. 일을 하면서 그렇게 사람들의 사정을 다 들어주니까 제대로 돈을 받지 못했어요.

초등학교 4학년 때 부모님이 별거를 했어요. 저랑 동생이 유치원도 가고, 초등학교도 가야 하니까 할머니 집에서 같이 살았어요. 그런데 고부 갈등이 심해서 엄마가 집을 나갔어요. 엄마가 회사를 다니기 시작하면서 밤에 늦게 들어오는 날이 많았어요. 집에 시부모님과 가족도 있는데 회사에서 회식을 일주일에 세네 번씩 하고, 보통 12시가 넘어서 들어왔어요. 당시 2층 집에서 1층에 할머니, 할아버지가 살고, 2층에 부모님과 저, 동생이 같이 살았는데 2층에 올라가는 소리나 문 여는 소리, 씻는 소리가 밑에 다 들리니까 할머니, 할아버지도 그 시간에 깼어요. 아빠도 그 시간까지 엄마를 기다리고요. 아빠가 안 되겠다 싶어서 가끔은 문을 다 잠가버리고 안 열어주니까 엄마가 저를 깨웠어요. 그때가 새벽 5시였던 적도 있어요.

이 문제 때문에 할머니랑 할아버지가 엄마한테 한소리를 하면 엄마는 귀를 막고 듣지 않았어요. 할머니도 괄괄하시고 고지식한 분이라서 대화로 잘 풀어가지 못하셨어요. 그래서 둘이 소리 지르면서 싸우기도 했어요. 엄마와 아빠도 싸웠고요. 아빠는 정말 화를 안 내는 사람이어서 엄마가 술에 취해서 난리 피우는 거를 조곤조곤 받아주고, 조심히 타일렀는데도 고쳐지지 않았어요. 가족들이 질려서 그럴 거면 나가서 살라고 하고, 엄마도 욱해서 나간다고 하는데 다들 안 말리니까 직장 근처 원룸으로 나가 살게 되었어요. 집에 엄마 편이 아무도 없긴 했어요.

얘기를 들은 바로는 엄마는 가족이 다 같이 나가서 살길 바랐어요. 그런데 아빠는 왜인지 할머니 집에서 살길 원했어요. 할아버지나 할머니도 둘이 그렇게 떨어져 사는 거는 원치 않아서 나갈 의향만 있으면 집을 해줄 테니 같이 나가 살라 했는데 아빠가 그러지 않은 걸로 알고 있어요. 엄마가 몇 번 설득을 했는데 아빠가 나오지 않겠다고 했고, 그 후로 계속 별거한 채로 지냈어요.

그 후로 엄마는 제가 먼저 연락해야지 만날 수 있었어요. 연락도 잘 안 받아서 끈질기게 연락했어요. 시험을 잘 봤을 때 연락을 받아주니까 공부를 열심히 했어요. 엄마를 필사적으로 만나려고 했어요. 한편으로는 저도 이익을 얻으려고 했던 것 같아요. 아빠는 용돈을 일주일에 오백 원씩 주는데, 엄마는 만나면 십만 원씩 줬으니까요.

그러다가 고등학교 때 엄마한테 가서 살게 됐어요. 엄마가 임대주택에 입주하고 나서 여유가 생기니까 저를 데려온 거죠. 제가 2학년이었을 때 엄마가 친아빠와 이혼하고, 1년 뒤에 재혼했어요. 이혼할 때 양육권을 나눠가지면서 저는 엄마 쪽으로 들어갔어요. 이혼하는 과정을 보면서 올 게 왔구나 싶었어요. 별거했던 기간이 길었으니까요. 아빠가 불쌍하면서도 어쩔 수 없다고 생각했고요.

할아버지, 할머니, 아버지, 어머니 다 미우면서도 고마워요. 다들 잘못한 부분이 있다고 생각해요. 어른들이 왜 저럴까 싶기도 하고, 할머니는 엄마 욕하고, 외할머니네 가면 아빠를 욕하니까 중간에 끼어있는 입장이었어요. 뭐가 진실인지 몰라서 많이 답답했어요. 중학생 때 사춘기가 왔을 때는 제가 제일 힘든 상황이라고 생각했어요. 그러다보니 결혼을 하지 말아야겠다는 생각 반, 결혼을 한다면 누구보다 화목한 가정을 만들어야겠다는 생각 반이었어요.

외할아버지는 군인이었다가 은퇴한 뒤로는 한국도자기 경비로 재직하다가 정년퇴직을 한 다음에는 작년까지 경비 일을 했어요. 하던 일이 그렇다 보니 약간 무뚝뚝한 편이에요. 외가는 별로예요. 무엇보다 외할머니가 잔소리를 많이 해요. 갈 때마다 똑같은 소리를 해요. 매번 아빠를 욕하고, 엄마, 아빠가 별거하고 난 뒤로 네가 잘해야 한다고 하고, 엄마가 새아빠를 만나고 나서는 새아빠한테 잘해야 한다거나 네 엄마 불쌍하니까 네 엄마한테 잘해야 한다는 소리를 정말 수없이 들었어요. 그리고 새아빠가 실수로 사기를 당했는데 나 때문에 그렇게 됐다는 식으로 얘기한 뒤로는 정이 다 떨어졌어요. 말로 천 냥 빚을 갚는다고 하는데 천 냥 빚을 지실 분이었어요. 그래서 외가는 별로 좋아하지 않아요.

엄마도 물론 엄마가 처음이니까 그랬겠지만 별로 좋은 엄마는 아니었어요. 주말에 아빠가 다 같이 놀러 나가자고 해도 집에서 TV만 보고 나오지 않아서 아빠와 동생이랑 셋이 나갔던 기억이 많아요. 자식들을 예뻐했지만 자기 인생이 더 소중한 사람이었어요. 그리고 자기 뜻대로 안 되면 엄청 혼냈어요. 특히 동생이 못하는 걸로 매번 혼냈어요. 그래서 저는 혼나지 않기 위해 노력하고, 눈치를 많이 봤어요. 그리고 새아빠가 될 사람한테 처음에 저를 사촌동생으로 소개했어요. 그때 기분이 별로 안 좋았어요.

엄마는 한국도자기 공장에서 일했어요. 성실하게 일했고, 일에 자부심도 있었어요. 오랜만에 사회생활을 하면서 동료들과 어울리다보니 늦게 들어오는 일이 많았어요. 할머니는 바람이 났다고 했지만 그건 할머니 혼자의 추측이고요. 엄마도 집 나간 뒤로 우울증을 겪었다고 해요. 엄마 이야기를 들어보니까 일리가 있었어요. 지금은 친구 같기도 하고, 가끔은 저보다 정신연령이 좀 어린 것 같아요. 그래도 지금이 가장 사이가 좋은 시기가 아닌가 싶어요. 엄마도 저한테 정신적으로 의지하고, 어렸을 때보다 모성애가 더 많아요. 엄마도 결혼을 하지 않고 자기 일을 하면서 살았으면 더 멋있게 살았을 텐데, 사회의 틀에 박혀 살다 보니까 스스로는 아무것도 못하는 사람이 되어 버려서 애틋해요.

새아빠는 고등학생 때부터 생활용품 대기업에서 쭉 일을 해오셨어요. 욱하는 건 엄마랑 성격이 같아요. 기본적으로 까다로워요. 내 편이 아니면 상대하기 힘든 사람이에요. 할 말은 다 하는 성격이라 노동조합에서 조끼 입고 투쟁도 했고, 조합장도 했던 걸로 알아요. 그래도 가족한테는 되게 따뜻한 사람이에요. 원래 별로 친하진 않는데 몇 년 사이에 좀 친해졌어요.

동생은 초등학생 1학년 때 간질이 발병했는데 일반적인 간질이 아니라 치료방법이 없어 언제 쓰러질지 모르는 상황이에요. 아프려고 태어난 게 아닌데 그렇게 태어나서 삶을 온전히 즐기지 못해요. 동생에 대한 기억은 별로 없어요. 아프기 전까지는 사이가 좋았고, 아프고 나서는 엄마도, 아빠도 동생을 제대로 책임지지 않으려고 했어요. 동생이 아프고 난 뒤 아빠가 아는 절에 4년 간 맡겼어요. 근데 나중에 알고 보니 거기서 학대를 당했다고 하더라고요. 그때 부모님이 정말 별로였어요. 왜 낳아놓고 책임을 지지 않나 생각했어요. 다시 데리고 온 후에는 저와 초등학교, 중학교를 같이 다녔어요. 동생이랑 웬만하면 같이 다녀야 되고, 동생이 쓰러졌다고 연락이 오면 제가 가야 했어요. 저도 친구랑 편하게 놀고 싶은데 동생을 매일 신경 써야 했어요. 그래서 약간 지긋지긋했어요.

동생이 그렇게 간질을 하면 가만히 있는 게 아니라 일어나서 움직여요. 간질을 하루에 한 번만 하는 게 아니라 하루에도 몇 번씩 쓰러지고, 막 소리도 질러요. 동생의 간질이 심할 때는 소리 지르는 게 집 안에 다 들렸어요. 그럴 때는 집안 분위기가 안 좋았어요. 저는 동생이랑 방을 같이 쓰니까 잠을 잘 때 어쩔 수 없이 머리를 반대로 두고 잤어요. 어느 날 저녁에는 제가 서랍 쪽에서 자고, 동생은 반대쪽에서 잤는데 간질을 해서 일어나더니 갑자기 서랍을 떨어뜨려서 맞을 뻔한 적도 있어요. 그런 상황들이 너무 싫었어요.

아빠가 원래 동생을 맡았는데 돌아가시면서 큰아빠가 동생을 맡게 됐어요. 그래서 지금은 연락만 하고, 아주 가끔 한 번씩 만나요. 너무 멀어서 자주는 못 보고요. 큰아빠, 큰엄마도 잘 모르겠어요. 동생을 돌봐주긴 하니까 좋게 생각하려고 하는데, 동생과 연락하면 저를 깎아내리는 얘기를 많이 한다고 해요. 근데 그 분들이 아니면 누가 돌보나 싶기도 하고요.

동생 혼자서도 알아서 할 수 있게끔 큰엄마, 큰아빠가 키웠으니까요. 이제는 혼자서도 이것저것 다 해요. 집안일도 할 줄 알고요. 동생을 보고 싶긴 한데 너무 자주 가기가 그래요. 예전에는 큰엄마가 동생 신경 쓰지 말고 할 거 하라고 했는데 동생이 하는 말을 들어보면 한 번씩 언니네 집 가서 살라는 얘기를 흘린다고 해요. 언젠가는 동생을 저한테 떠넘기려고 하는 거 같아요. 물론 제가 여유가 있으면 데려와서 살겠지만 여유가 없으니까요.

부모님이 아직도 저를 잘 못 믿는다고 느껴요. 저도 부모님이 원하는 길을 걷지 않고 있으니까 약간 죄책감이 들기도 해요. 제가 잘 살고 있다는 걸 보여줘야 덜 참견하기도 하고요. 굳이 안 좋은 걸 보여줘야 되나 싶기도 하고, 원래부터 얘기도 안 했었어요. 평생 화를 안 내다가 한 번 화를 낸 일이 있어요. 28살 때 디자인 회사 그만두고 공기업 준비한다고 집에 내려가 있을 때 자꾸 엄마가 참견을 했어요. 다른 집 자식 얘기를 하면서 제

신경을 긁었어요. 나는 걔가 아닌데 자꾸 그 사람이랑 비교하는 느낌이 들었어요. 상황이 상황이다 보니까 더 나쁘게 들린 것 같기도 해요.

그렇게 긁히니까 저도 터진 거죠. 그때는 공기업을 준비하지 말고 내가 진짜 하고 싶은 것을 해야겠다고 생각했을 때였어요. 그렇지만 혼란스럽기도 했는데 옆에서 시키지도 않은 걸 했어요. 외가 쪽 삼촌한테 내 얘기를 하고 일자리가 있으면 소개시켜달라고 하니까 너무 싫었어요. 그 문제로 이야기하다가 통하지가 않아서 소리를 막 지르고 싸웠어요. 엄마도 저한테 엄청 욕을 하면서 싸웠지만 속으로 매우 당황했던 것 같아요. 원래 안 그랬으면서 왜 그러냐고 했는데, 나 원래 이런 애라고 그렇게 화내고 난 뒤로도 한 번 더 싸웠어요.

그 이후로 엄마가 눈치를 봐요. 제가 싫어한다고 표현하면 거기에 대해서는 이제 말을 안 해요. 저도 진로 관련해서 얘기를 잘 안 꺼내요. 엄마는 그때의 모습이 약간 충격이었는지 그 뒤로도 한 번씩 언급을 해요. 사람들한테도 애가 겉은 착해 보이지만 화내면 무섭다고 그러고요.

그래도 가족이니까 사랑은 해요. 다시 생각해보니 애증이 더 어울리는 것 같아요. 다 버리고 떠나고 싶은데 사랑은 해요. 가족이 저와는 상관없고, 알아서 잘 살 거라고 생각해도 뭔가 안 좋은 일이 있을 때는 챙겨주고 싶은 마음이 생기기도 해요. 제가 이렇게 생각해도 될 진 모르겠지만 그냥 다들 불쌍해요. 내치고 싶어도 완전히 내칠 수는 없어요. 지금도 마찬가지고요. 제가 고른 가족이 아니니까 떠나고 싶은 마음도 있어요.

가족한테 마음을 터놓고 말하는 스타일도 아니고, 좋은 것만 보여주고 싶은 게 있어요. 가족과 있을 때마다 눈치를 보고요. 가족이라서 더 좋은 면만 보여주고 싶어 하는 것 같아요. 원래 성격이 가볍게 생각할 수 있는 것만 얘기하는 편이에요. 무거운 얘기는 별로 안 하고 싶어 해요. 내가 잘 안 되고 있다든가, 뭔가 하고 있는데 성과가 안 나고 있어도 좋은 면만 얘기해요. 인스타툰을 하고 있다고 얘기해도 자세히는 안 해요. 수익이 별로 없으니까요.

자판 : 학창 시절은 어땠나요?

누누 : 초등학교 6학년 때 만난 친구 때문에 사람에 대한 의심이 생겼어요. 그 일이 있기 전까지 나서는 것도 되게 좋아하고, 사람도 좋아했어요. 그래서 친구들한테 먼저 말도 걸고 금방금방 다 친해지는 스타일이었어요. 그 친구도 같은 무리에서 놀았는데 다른 친구들한테 따돌림을 당해서 그 친구가 안타까

우니까 열심히 놀아줬어요. 근데 뒤에서 그 친구가 제 뒷담을 하고 다니고, 제 앞에서도 그러니까 나를 따돌리려고 하는구나 생각했어요.

그 친구에게 생일 선물로 진짜 갖고 싶어 하던 패션 뿔테안경을 사줬어요. 초등학생 치고는 비싼 선물이었어요. 근데 걔는 저한테 자기가 쓰던 인형을 줬어요. 또 속았구나 싶어 거기에 상처를 받았어요. 걔를 생각하면은 심장이 두근거리고 화가 났어요. 그 친구는 중학교 때 다른 학교를 갔어요. 저도 왜 그랬는지 모르겠지만 싸이월드 방명록에 그런 일이 있었지만 네가 사과하면 다시 잘 지내고 싶다고 글을 남겼어요. 그냥 찜찜하게 끝내는 게 싫었나 봐요. 근데 걔가 자신은 무슨 잘못을 했는지 모르겠다는 식으로 댓글을 달아서 진짜 만나면 한 대 때려주고 싶을 정도로 싫었어요. 워낙 친한 친구가 많아서 크게 타격은 없었지만 그때의 기억 때문에 사람한테 먼저 다가가지 않게 됐어요.

양육 방식은 방목에 가까웠어요. 내가 뭘 하든 인정도 별로 안 해주고, 터치도 안 했어요. 오히려 불안해서 혼자 공부했어요. 원래 초등학교 때까지는 공부를 잘한다고 생각했는데 중학교 처음 들어가서 본 배치고사에서 100등 바깥의 등수를 받고 중학교는 다르구나 생각했어요. 그때 제가 공부를 못한다고 생각했어요. 그러다 중학교 3학년 때 공부는 잘하지만 친구가 별로 없는 친구가 있었어요. 그 친구한테 약간 호기심이 생겨서 얘기해 보니까 생각보다 괜찮은 친구라서 매일 같이 도서관을 다니면서 공부했어요. 수학을 포기하고 있었는데 중학교 3학년 때 수학 100점도 맞고, 반에서 1등, 전교 300명 중에서 6등, 이런 성적을 받으니까 나도 할 수 있는 사람이라는 걸 느꼈어요.

학원은 초등학교 때 친구들이 가니까 갔는데 숙제를 안 하면 때리는 게 싫어서 조금 다니다가 그만뒀어요. 중학교 때까지 안 다니다가, 고등학교 때도 영어 과외 조금 받다가 관두고 안 다녔어요. 그러다가 학교에서 논술 수업을 들었어요. 원래는 수업을 들을 생각이 없었어요. 그런데 수업을 신청한 다른 친구가 수업이 일요일이라 교회를 가야 해서 대신 나가달라고 해서 알겠다고 하고 자리를 채웠어요.

서울 대치동에서 선생님이 왔는데 학교 지원을 받아서 학기당 10만원 정도 내고 수업을 들었어요. 일요일 아침마다 수업을 들었는데 수업 듣는 일 년 내내 못한다고 욕만 엄청 먹었어요. 그러다 수시 때 서울 올라가서 논술시험을 보러 다녔어요. 가장 가고 싶은데 하나랑 나머지는 들어가기 쉬운 학교를 넣었는데, 가장 가고 싶었던 데만 붙고 나머지는 다 떨어졌어요. 아이러니 하게도 논술을 잘 봤다는 느낌을 받았던 데가 다 떨어지고,

제일 망했다 싶었던 데가 붙었죠. 그것도 우수생으로요. 그래서 장학금을 받았는데 지금도 왜 받았는지 잘 모르겠어요. 뜬금없이 붙은 뒤 수능 최저등급을 맞춰야 돼서 엄청 긴장하면서 시험을 풀고 통과했어요. 운이 좋았던 것 같아요. 자신이 없었는데 논술로 대학에 붙으니까 그래도 하면 되는구나 싶었어요. 그때의 경험들로 지금도 뭔가를 성실하게 하면 반드시 도움이 된다고 믿게 되었어요.

엄마, 아빠가 자주 싸우던 건 부정적인 경험이었어요. 부모님이 자주 싸우는 환경에 있다 보니 눈치를 자주 봤어요. 아직까지 사람들의 눈치를 많이 봐요. 다섯 살 때인가 부모님이 별거하기 전에 엄마가 집을 나간 적이 있어요. 엄마는 그 전에도 심사가 뒤틀리면 집을 나갔던 것 같아요. 가지 말라고 울면서 뒤를 쫓아갔는데 그냥 갔어요. 그랬던 기억이 있는데 나중에 할머니한테 얘기를 들어보니까 아빠랑 싸우면 그렇게 나갔다고 하니 제 기억이 맞구나 싶었어요. 가족이나 가정에 대해서 부정적인 생각을 하게 된 것도 그런 영향이 있어요.

항상 사람의 애정과 인정을 갈구했어요. 성인이 돼서 누군가가 저한테 조금만 다정하게 해주면 좋아했어요. 그때는 남자친구를 계속 사귀고, 남자친구에게 바라는 게 되게 많았어요. 저는 받고 싶은 만큼 많이 해줬는데 그만큼 돌아오지 않으니까 거기서 더 좌절하고, 그거에 올인 하느라고 다른 것도 못했어요. 맹목적으로 애정을 갈구했어요. 20대 초중반까지 그러다가 지금은 많이 나아졌어요.

자판 : 언제 고립감을 느꼈나요?

누누 : 대학교 방학 때마다 고립감을 느꼈어요. 먹을 거 살 때 정도만 나갔어요. 삶의 목표가 딱히 없었어요. 공부도 해야 하는데 다 하기 싫었어요. 그때는 친구들도 안 만나고, 집에서 거의 일주일 내내 애니메이션을 봤어요. 그걸로 현실을 도피했어요. 그러다 친구가 부르면 만나고, 약간 활력이 생기면 그걸로 살았어요. 학교를 다닐 때는 성적을 잘 받아야 한다는 목표가 있고, 친구들도 옆에 있으니까 괜찮았어요. 그러다가 방학이 되면 하고 싶은 게 없으니까 무기력하고, 사람도 별로 안 만났어요.

일본학과를 졸업했는데 졸업 이후에 아무 생각이 없었어요. 졸업할 때 취업을 위해 쌓아놓은 스펙이 하나도 없었어요. 유예를 했어야 했는데 졸업 조건을 다 충족을 해버렸어요. 왜 유예를 안 하려고 했는지 모르겠어요. 아무 생각이 없어서 얼렁뚱땅 졸업해버린 것 같아요. 그래도 이름 있는 학교를 나왔는데 아무 데나 들어가는 것도 주변 기대에 부응하지 못하는 거라고 생각했어요. 별로 취업하고 싶지도 않았고, 주변에서 압박 면접을 본 이야기를 들으니까 면접이 무서웠어요.

그때 내일배움카드를 알았어요. 교육비 전액 무료에 한 달에 30만 원씩 주고, 교육하고 나면 취업도 시켜준다니까 했어요. 웹디자인과 웹퍼블리셔 과정을 들었는데 실질적으로 도움이 되기보다는 인간관계만 생겼어요. 7개월 동안 매일 같이 있으니까 안 친해질 수가 없더라고요. 사람들은 괜찮아서 그 중에 지금까지 연락하는 사람들도 있고요.

스케줄은 주 5일에 아침 9시부터 저녁 6시까지여서 학교 다니는 거랑 거의 같았어요. 거기도 성과를 내야 하니까 끝날 때쯤에 이력서를 아무 데나 넣으라고 시켰어요. 지금 생각하면 직업학교는 비추천해요. 제대로 취업하고 싶다면 그냥 내 돈 주고 양질의 교육을 듣는 게 낫죠. 공짜인 만큼 선생님도 별로고, 과정도 체계적이지 않았어요. 디자인의 경우는 더 그랬어요. 배우는 디자인 자체가 구리고, 애초에 재능이 있는 사람이 잘 할 수 있는 구조인데 그 환경에서 감각을 기를 수가 없어요.

제가 납득하지 못할 정도로 자기소개서를 이상하게 썼는데도 연락이 와서 면접을 보러 갔는데 대표와 대화만 하고 합격해서 회사를 다녔어요. 첫 달은 별로 시키는 것도 없고, 적응 기간이라서 간단한 것만 시키니까 상관이 없었어요. 그런데 점점 저한테 맡기는 게 늘어가고, 야근하면서 만든 디자인이 퇴짜를 맞는 일도 많았어요. 야근을 하는 날이 일주일에 두세 번은 있었어요. 저는 업무 보조여서 그렇지 다른 디자이너들은 더 심했어요. 식대만 나오고, 야간 수당도 안 주니까 워라밸이 없는 회사를 다니고 있다는 생각이 들어서 매일 회사 가기가 싫었어요. 가봤자 인정해 주는 사람도 없고, 그나마 즐거운 시간이 점심시간밖에 없었어요.

회사 가는 아침에 차에 치여 죽고 싶다는 생각을 많이 했고, 몸이 안 좋아지기 시작했어요. 그게 일한 지 세 달 정도밖에 안 됐을 때에요. 정말 안 되겠다 싶어서 그만둬야겠다고 생각했어요. 한 달 전에 미리 얘기를 해야 해서 그만둔다고 이야기했어요. 그러다가 아침에 자고 일어났는데 담이 너무 세게 와서 현기증이 나고 심하게 아팠어요. 다음 날에 너무 아파서 오전에 병원을 갔다 오겠다고 미리 얘기를 했는데도 10시도 안 돼서 빨리 들어오라고 연락이 왔어요. 병원 갈 시간도 안 주는 회사구나 싶어서 그만두길 잘했다 생각했어요.

그리고 충격이었던 게 저도 사수가 없었지만 저 다음에 일할 사람도 안 뽑았어요. 제가 그만둘 때까지 자리를 채운 사람이 없었어요. 그 사람도 나처럼 사수 없이 일하겠구나 싶었어요.

그러고서 집도, 회사도 다 정리하고 내려갔어요. 그때가 28살이었어요. 취업 준비한다고 집에 내려왔지만 하고 싶은 것도 딱히 없고, 서울 생활에 너무 지쳐서 쉬고는 싶은데 명분이 없었어요. 엄마, 아빠한테는 공기업 준비를 하겠다고 하고 내려간 것이어서 일단 준비했어요. 거기는 친구도 없고, 돈도 안 벌고, 마주치는 사람은 가족밖에 없었어요. 그마저도 내가 아무것도 안 하니까 눈치가 보였어요. 그때는 부모님이랑 지금처럼 사이가 좋을 때도 아니고, 부모님은 나에 대해서 아무것도 모른다고 생각하고 있었던 시기여서 소통하려고 노력도 안 했어요.

공기업 준비가 나한테 안 맞는다는 걸 느껴도 부모님에게 터놓고 얘기할 수도 없었어요. 엄마, 아빠가 나가고 나면 웹툰을 보거나, 낮잠을 자거나, 뒹굴거리다가 부모님 들어올 시간에 일어나서 뭐 하는 척하면서 딴짓 좀 했죠. 그때 날 알아주는 사람은 아무도 없고, 사는 게 별로 재미없다고 생각했어요. 친구들한테는 연락하기도 귀찮고 굳이 제 상황을 알리고 싶지 않았어요. 다들 서로 잘 살고 있다고 생각하니까 제 모습을 보여주는 게 자존심이 구겨져서 싫었어요. 친한 친구한테도 그냥 공부하고 지낸다고 얘기했어요. 친한 친구가 가까이 살았어도 깊이 이야기는 안 했을 것 같아요. 아예 만나지도 않았을 것 같아요. 용돈을 받고 생활하는데 굳이 만나서 돈 쓸 필요가 있나 싶었어요.

그러다가 멘토 같은 선생님에게 연락이 왔어요. 회사에 다니기 전에 그림 심리 상담을 받아보고 싶어서 알아보다가 만난 분이었어요. 원래는 원데이클래스에서 만났는데 계속 심리 수업을 듣게 되고, 어쩌다 보니 저를 케어 해줬어요. 수업을 몇 번 더 들으면서 그 선생님이 네가 그림을 좋아하기도 하고, 재능도 있으니까 해보라고 해서 그때 처음 그림을 그리기 시작했어요.

제가 공기업 준비한다고 내려갔을 때 연락이 잠깐 끊겼다가 한창 우울한 시기에 연락이 온 거예요. 제가 가족들이랑 사이가 안 좋고, 가족한테 느끼는 거리감에 대해 선생님이 뼈를 때려줬어요. 제 감정을 다스릴 수 있게 선생님이 계속 도와줘서 가족한테 먼저 손 내밀 수 있게 있는 계기를 만들어줬죠. 무엇보다 제가 나와서 사는 게 좋겠다고 얘기하며 행복주택에 대해 알려주셨어요.

그 시기에는 아르바이트를 했었어요. 경제적으로 뭔가 하고 있으니까 다시 회복을 해가던 시기에 가족들이랑 관계도 나아지니까 의욕이 생겨서 행복주택도 알아봤어요. 저도 가족들과 같이 사는 거는 개인적인 공간이 없어서 제 성격에 안 맞는다고 생각했어요. 그러다가 경기도에서 서울 가기도 괜찮고, 역세권에 있어서 뚜벅이가 살기에도 괜찮은 행복주택이 있었어요. 당시에 경쟁률도 그렇게 높지 않았어요. 일단 지르고 보자고 생각해서 바로 넣었는데 당첨이 되어서 부모님한테 행복주택에 입주할 거라고 통보했어요.

처음에는 부모님이 갑작스럽다는 반응이었는데 그쪽에 일자리도 많을 거라고 하니까 크게 반대는 안 해서 그 길로 나와서 살게 됐어요. 그때 선생님이 자기와 그림으로 협업을 같이 해보지 않겠냐고 제안했어요. 그 제안을 받고 올라가서 선생님이랑 한창 일을 했어요. 선생님은 심리 관련해서 자격증도 있고, 상담을 했던 분이니까 그림으로 사람들한테 메시지를 주고, 공감할 수 있는 뭔가를 하고 싶어 했어요. 그래서 인스타툰을 그렸어요. 브랜드를 만들어서 하루에 하나씩 나에게 질문하는 내용을 그림으로 풀어내고, 그것으로 하여금 나를 찾아가는 내용의 콘텐츠였어요.

마곡 쪽에 있는 선생님의 사무실에서 일주일에 두세 번 일을 했어요. 거의 1년 가까이 했는데 성과가 잘 안 나오니 둘 다 지쳐가고 있었어요. 마곡을 가는데 1시간 반 정도 걸렸고, 다녀오면 아무것도 못했어요. 제가 주도해서 한 일도 아니라 일원으로서 그냥 따르면서 일했어요. 그 분도 뭔가 갈피를 잡지 못하니까 이게 맞나 싶은 생각이 계속 들긴 했어요. 밥은 사줬지만 그 외에는 아무것도 없었어요. 수익이 없으니까 해줄 수 있는 것도 없다고 생각했고요. 그때는 아무것도 몰랐고, 그래도 선생님이 나한테 있어서 멘토였으니까 언젠가 잘 되겠지 하면서 그냥 믿고 했어요. 근데 돈도 못 받고, 그렇다고 반응이 좋은 것도 아니니까 더 지쳤어요.

선생님이 소개해 줘서 한 달 동안 프리랜서로 일을 했어요. 그때 좀 크게 돈을 벌어서 그 돈으로 아껴서 살다가 돈이 떨어진다 싶으면 아르바이트를 했고요. 그러다 그 선생님이 다른 일로 한창 바쁜 시기가 있었어요. 같이 하던 일도 안 하고, 내 일이랄 게 딱히 없고, 돈도 못 버니까 이렇게 사는 게 맞나 싶었어요. 그때 밖에도 잘 안 나가고, 사람도 안 만났어요. 그렇게 계속 땅굴 속으로 파고 들어갔고, 인생이 좀 재미없다고 생각했어요.

아마 인정을 못 받아서 그런 것 같아요. 저는 사람들한테 인정을 받으면서 크는 사람인데 인정받을 일이 없으니까 매일 애니메이션을 보던 대학생 때의 루틴을 반복하는 느낌이었어요. 집에서 애니나 웹툰을 보면서 자꾸 현실에서 도피했어요. 그렇게 무기력하게 누워 있다가 새벽 4, 5시에 잠들어서 낮 11시에 일어나는 악순환이 일어나니까 더 우울했어요. 어느 날은 별로 슬픈 일도 없는데 갑자기 눈물이 났어요. 산책이라도 나가야겠다 싶어서 밤 산책도 갔다 오고 그랬는데도 뭔가 우울하고, 공허했어요.

그래도 건강은 잘 챙기는 타입이기 때문에 바로 정신과에 갔어요. 정신과에서 얘기를 들으니까 내가 별로 괜찮지 않은 상태인데 사람들 앞에서는 괜찮아 보이려고 자꾸 노력한다고 했어요. 원래는 고무줄도 늘어났다가 다시 돌아오는데, 너무 늘어나서 돌아올 수 없다보니 그렇게 계속 눈물이 나는 거라고 했어요. 그래서 약 처방을 받아서 먹었는데 약을 먹으니까 삶의 모든 게 너무 감흥이 없어져서 이건 아니다, 혼자서 해결해야겠다는 생각이 들어서 약을 끊었어요. 선생님이랑은 각자의 길을 가기로 하고, 내 일을 시작하겠다고 마음을 먹으니까 다시 의욕이 돌아왔어요. 그렇게 한번 넘어졌다가 다시 일어나니까 추진력이 생기기도 했고요.

자판 : 고립감을 느끼는 원인이 무엇인가요?

누누 : 우선 경제적 어려움이요. 박봉을 받으면서 서울에 살고 있었을 때 집세 나가고, 저축하고, 생활비 쓰면 남는 돈이 별로 없었어요. 친구 만날 돈도 없으니 만나자고 선뜻 얘기도 못하고, 삶을 즐길 수가 없었어요. 그러다 보니까 자연스럽게 혼자 있는 시간이 늘어나게 됐고요. 돈을 안 벌고 있을 때는 친구를 만나는 게 죄처럼 느껴졌어요. 선생님과 일할 때는 밥을 사

주니까 가긴 했는데 왔다 갔다 하는 교통비도 부담이었어요. 월세나 관리비도 내야 했고요. 제 성향일 수도 있는데 돈 없을 때는 누구 만나기가 싫어요. 얻어먹는 것도 싫어요. 그 친구가 사준다고 해도 만나기 싫어요. 나중에 다 갚아야 될 빚이라고 생각해요.

삶의 목표가 없을 때도 마찬가지에요. 목표가 없어서 취업이 장기화되고, 정처 없이 누가 하자고 하는 대로 흘러가면서 살긴 했는데 그걸로 인정도 딱히 못 받고, 돈도 못 버니까 우울로 연결된 것 같아요. 삶의 목표가 없으면 의미가 없다고 생각하는데, 하고 싶은 게 전혀 없을 때가 있었어요. 어렸을 때부터 20대까지 쭉 뭘 하고 싶은지도 모르겠고, 뭘 어떻게 해야 할지도 모르겠고, 인생에 대한 호불호가 없다고 해야 할까요. 삶 전반의 취향을 잘 몰랐어요.

인간관계에 어려움을 느끼기도 해요. 만남의 횟수가 그렇게 중요하지 않다고 생각하는데 연락이 적거나, 자주 만나지 않으면 서운해 하는 경우가 있으니까 그런 게 피곤해요. 축의금 같은 문화도 다 귀찮아요. 만남도 1년에 한 번이나 2년이 넘어도 괜찮고요. 그냥 만났을 때 재미만 있으면 그만 아닌가 싶어요. 둘 다 여유가 있을 때 만나는 게 가장 좋지만 그럴 일은 없으니까요. 사람들이 마음의 여유가 없잖아요. 저는 만나면 재미가 있어도 그게 다이면 의미가 없다고 생각해서 더 어려운 것 같아요. 둘 다 서로한테 도움이 되는 뭔가가 있으면 좋겠는데 맞춰주기만 하다 집에 돌아오면 약간 현타를 느껴요.

MBTI가 INFJ라는 사실을 알았는데 다 제 얘기인거예요. INFJ는 상대에 맞춰서 다 다른 가면으로 바꿔 낄 수 있는 사람이에요. 외향인 앞에서는 외향인처럼 행동하고, 내향인 앞에서는 내향인을 보듬어줘요. 친해진 계기가 다 다르고 그걸 다 관리해야 되니까 너무 복잡한 거죠. 그래서 인간관계가 넓어지는 게 너무 피곤하고요. 원래 성향이 내향적이기도 하고, 속으로 생각도 많이 하고, 눈치도 많이 봐서 에너지 소모가 커요. 그래서 사람을 만나면 에너지를 다 뺏기니까 두려워요. 그래서 이제는 너무 피곤할 일을 만들지 말아야겠다고 생각해요.

싫을 때는 거절하려고 해요. 예전에는 싫어도 스스로 인지를 잘 못하고, 무조건 만나서 스트레스 받는 경우가 되게 많았어요. 그래도 지금은 내가 어떤 게 좋고, 싫은지를 어느 정도는 아니까 적당한 핑계를 대고 거절해요. 주변 사람은 다들 제가 그렇게 외로움 탈 것 같지도 않고, 친구도 많아 보인다고 하는데 제가 진정으로 친하다고 생각하는 사람은 별로 없어요. 보이는 것보다 고립되기 쉬운 편이기도 해요. 스스로를 좀 고립시키는 것 같기도 해요.

너무 지쳐서 에너지가 다 떨어지는 순간에 스스로 동굴 속에 들어가 버려요. 연락도 잘 안 받고, 카톡 쌓이는 것도 그냥 다 안 읽씹 해버리고, 접촉을 다 차단하고 잠수를 타버리는 거죠. 그렇게 하면 충전이 돼요. 혼자 시간을 보내다 보면 또 심심한 순간이 와요. 다시 사람을 만나도 되겠다 싶을 때, 오는 연락도 반가울 때가 바깥으로 나올 시간이라고 생각해요. 그 과정에서 연락이 뜸해지는 사람이 있는가 하면, 긴 연락 주기를 이해해주는 사람하고는 연락이 이어져요. 그걸 이해하지 않으면 보통 친해지기 전에 스스로 벽을 세워요.

미래에 애인이 없으면 고립감을 느낄 것 같아요. 지금 저의 생활에 애인이 많은 부분을 차지하고 있고, 제가 가장 크게 의지하고 있는 사람이에요. 인간관계도 별로 많지 않고요. 원래 같았으면 친구들한테 나눠서 조금씩 다른 얘기를 할 텐데 그 얘기들도 애인한테 다 몰아서 하고 있어서 아마 애인이 없으면 고립감이 오지 않을까 해요. 저는 원체 친구들한테 말을 안 하는 사람이기도 하니까 어차피 친구의 유무와 인간관계가 어떻게 변하냐는 크게 상관이 없고, 제가 뭘 해야 할지 잘 모를 때 스스로를 고립시키고 방황하는 것 같아요.

자판 : 고립감을 어떻게 해소하나요?

46

누누 : 현재는 애인하고만 정서적 교류를 해요. 니트컴퍼니라는 무업 청년들이 가상 회사를 만들어 활동하는 프로그램을 우연히 참여했어요. 그때도 연애할 생각이 없었고, 사람 만나는 것도 별로 원치 않았어요. 그냥 있는 사람이나 잘 챙기고 살아야겠다고 생각했어요. 그러다가 직업학교를 다녔을 때 알았던 언니가 니트컴퍼니를 했었고, 그 전시에 저를 초대해서 관람한 뒤 한번 해보고 싶다 생각했어요. 그랬는데 마침 가까운 데에서 한다는 소식을 듣고 신청했어요. 애인은 거기서 만난 사람이에요. 프로그램에 참여하면서 진중하고, 사람 말을 잘 들어준다는 느낌이 들어서 먼저 대시를 해서 만나게 됐어요.

이전의 연애에서는 정서적 교류를 할 일이 없었어요. 눈치 보느라 바빴고, 감정 소모하느라 이미 지쳐있어서 내 말을 할 수 있는 상황이 아니었어요. 보통 남자들이 공감을 못한다고 하는데 진짜 그런 사람들만 만나서 그게 당연하다고 생각했던 것 같아요. 힘든 거를 말해봤자 대충 듣거나, 아예 귓등으로 흘려 넘기고 자기 하고 싶은 말만 하니까 애초에 교류할 생각도 안 했고요. 내가 뭔가 말할 때까지 기다려준 사람도 없었고, 그러다 보니까 속내를 더 내비치지 않게 된 것 같아요.

지금의 애인은 내가 뭔가 서운해 하거나 낌새가 보이면 말할 때까지 끝까지 기다려주고, 잘 들어주니까 조금씩 말하게 됐어요. 처음에는 내 모습을 아직 다 보여주지 못한 상태니까 그게 익숙하지 않아서 불편하기도 했어요. 그러다 같이 있는 시간이 길어지면서 혼자 있을 때만 하는 행동을 보여주게 되고, 얘기를 잘 들어주는 사람이니까 말하는 것도 거리낌 없이 말할 수 있게 되었어요. 가족들한테도 말하지 않는 얘기도 해요.

예전에는 친구가 그런 역할을 했었는데 그것도 같은 학교를 다닐 때나 가능했던 거 같아요. 대학교부터 길이 갈라지면서 서로 다른 삶을 살다 보니까 깊은 얘기까지는 안 하는 것 같아요. 만나면 편하긴 하지만 속내를 잘 털어놓지 않아요. 그게 제 성향이라서 그런 거 같긴 해요. 한 번 친구여도 상황이 달라지면, 예를 들어 대화를 할 때 예전이랑 다르다고 느끼면 분위기를 읽고 그냥 얘기를 안 하게 돼요.

상대방한테 그렇게 부정적인 감정을 옮기고 싶지 않고, 자주 보는 게 아니니까 만날 때 그냥 좋은 얘기를 하지 굳이 부정적인 얘기를 꺼내야 하나 싶어요. 친한 친구가 예전보다 많이 꼰대 같아지기도 했고요. 나쁜 꼰대는 아니고 사회생활을 하다 보니까 그렇게 된 게 아닐까 싶어요. 나와는 다른 길을 갔으니까요. 만나면 친구의 답답한 얘기를 들어주거나, 제 이야기는 조금 하고 깊은 얘기는 잘 안 해요.

원래 가정사까지 다 얘기하는 친구도 한 명 있었는데, 시간이 지나고 보니 그 친구는 내 불행을 보고 자기만 그렇게 불행한 게 아니라는 걸 느끼고 싶어 하는 것 같아요. 내 불행에 공감은 하지만 불행을 기다리는 느낌도 들었고요. 그 친구 자체가 워낙 우울하니까 제가 즐거운 일이 있어도 얘기하기가 그렇고, 불행한 일만 얘기하는 관계가 무슨 의미가 있나 싶어서 말을 아끼게 됐어요. 그 친구는 결혼하고 애까지 있으니까 공통 주제가 없는 것도 컸어요. 그 친구가 우울해하는 부분에 진심으로 공감을 해줄 수가 없으니까 할 말도 없고요.

사람들과 만나면 보통 상대방 기분까지 굳이 망칠 필요가 있나, 어차피 말해봤자 해결되지 않는데 굳이 말해서 뭐 하나 싶은 생각을 많이 해요. 예전에는 그냥 답답한 채로 살았어요. 말을 했을 때 공감이 돌아오면 그래도 괜찮은데, 거기에 대해 조언을 해주어도 그게 저한테 크게 도움은 안 되거든요. 제가 그걸 따르지도 않고요. 그래서 털어놓는 거 자체가 굳이 의미 없다고 생각했어요. 지금은 애인한테 말하면 되니까 괜찮아요.

아예 모르는 사람들을 만나는 것도 도움이 돼요. 특히 나를 편견 없이 봐주는 사람들이 있는 자리에 나가서 나를 있는 그대로 인정받고, 응원받는 게 중요해요. 저에게는 니트컴퍼니가 그런 역할을 했어요. 사람들마다 욕구가 다르잖아요. 저는 인정

욕구가 되게 강한 사람이라서 칭찬으로든, 돈으로든 인정을 받으면 다시 생기를 찾는 사람이기 때문에 인정이 중요해요. 그래서 자기의 욕구를 잘 파악하고, 그걸 충족할 수 있는 활동을 하면 좋을 것 같아요.

자신을 아는 것이 중요해요. 자신을 아는 것에는 여러 가지 방법이 있겠지만 공인된 심리 검사를 하는 것도 도움이 돼요. 평소에 어떤 욕구를 갖고 있는지 검사를 하고 알았어요. 인정받고 싶은 욕구가 강한 사람이라는 것도 검사지를 보고 알았거든요. 그런 검사를 받거나, 주변 사람한테 물어보는 것도 도움 되기도 해요. 위의 방법들이 내키지 않는다면 그림 심리 상담도 꽤 도움이 돼요.

처음처럼,
가족과의 불화로
일찍 독립했어요

자판 : 처음처럼님은 어떤 분인가요?

처음처럼 : 별명은 현재 쓰고 있는 활동명이에요. 작년 초부터 다양한 사람들을 만나고 활동하면서 짓게 됐어요. 원래는 소주 같은 존재가 되자는 의미로 지었거든요. 활동을 시작했을 때의 초심을 잃지 말고, 남들이 힘들 때 힘듦을 잊게 해주자는 생각으로 지었어요. 현재 원했던 활동의 80%는 했다고 생각해요. 생각 이상으로 좋은 사람도 많이 만났고, 재밌는 순간들도 많았어요. 니트생활자의 운영진 분들이나, 서포터즈 하면서 만났던 분들, 그리고 안무서운회사, 청년 씨즈, K2인터내셔널 코리아 등 많은 단체에게 도움을 받았어요.

안무서운회사에서 2년 정도 활동했어요. 그곳에서 처음으로 고립청년 지원을 받았어요. 은둔고수 프로그램에 참여하고, 그 뒤에도 여러 가지 사업에 참여하면서 삶이 많이 바뀌었어요. 은둔고수 프로그램은 인스타그램 광고를 보고 알았어요. 무슨 장인들을 모으는 건가 했는데 자세히 읽어보니까 은둔청년을 모집한다고 해서 처음에는 망설였어요. 단체 이름도 처음 들었고, 가서 어떤 사람을 만날지도 모르고, 성인 이후로 어딘가에 소속되는 것도 처음이었거든요.

신청을 한 뒤 단톡방에 초대된 후 온라인에서 활동하다가 오프라인으로 만났어요. 만나서 서로의 은둔 경험을 공유하고, 영화와 연극을 관람하고, 앞으로의 계획을 세웠어요. 경험을 공유할 때는 모임지기 분들이 주제를 알려주면 자조모임처럼 서로 자유롭게 의견을 공유했어요. 모임지기 분들이 중간에 조율을 해주셨어요. 그 분들도 은둔청년이었는데 전 기수에 참여한 분들 중에서 한 걸로 알아요.

프로그램을 하고 사람들의 얘기를 들으면서 저보다 더 힘든 사람도 있다는 걸 느꼈어요. 제가 이걸 하지 않았다면 계속 은둔 생활을 하면서 살았겠구나 생각했어요. 학창 시절에 이런 사람들을 만났으면 삶이 훨씬 나아지지지 않았을까 하는 아쉬움도 있어요. 활동 이후에는 따로 만나지 않아요. 그래도 비슷한 프로그램을 할 때 만나는 경우도 있어요. 서로 연락하지 않다가 같은 프로그램에 참여하면 예고 없이 만나는 거죠.

안무서운회사하고는 두 달 전에도 만났어요. 그때 서울시장과 은둔청년이 만나는 자리에 오셨더라고요. 그렇게 만나기도 하고, 단톡방이 있다 보니까 여러 가지 소식을 받고 있어요. 단톡방은 은둔고수 프로그램의 후속 모임으로 30명 정도 있어요. 유승규 대표님이 고립청년 관련 인터뷰를 어디선가 했으면 해당 영상을 한 번씩 올려주세요. 아니면 자신의 감정을 글로 적어서 이따금씩 올리기도 해요.

니트컴퍼니는 2년 전에 시즌 10에 참여했어요. 씨즈 단톡방에서 정보를 주셨고, 지원을 해서 우장창 팀장님과 함께 했어요. 그곳에서 자기 일을 설정해서 루틴을 만들었어요. 그때 저의 업무는 사람 만나기와 다양한 교육 듣기여서 청년 네트워크, 동아리 활동, 청소년 멘토링 봉사, 식물 관련 교육 듣기, 한 달 살기를 했었어요. 거기서 문어빵님, 민자씨님과 네트워킹을 했어요. 그리고 올해 13기로 쿼카팀에 참여했어요. 이번 업무는 식물 키우기랑 신문 보기를 했었어요. 또 프로그램 중에 니트워킹데이라고 있어요. 1시간 반에서 2시간 정도 사람들과 같이 걸으면서 이야기하는 프로그램인데, 걸으면서 제이크님과 많이 친해졌어요.

니트생활자 운영자 세 분을 만나면서 느낀 것도 많았고, 처음 만났는데도 몇 달 만난 것처럼 살갑게 대해줘서 감사하기도 해요. 특히 다지님이 쿼카팀 팀장이거든요. 장난도 많이 쳐줘서 친해졌고, 그 외에도 이니셜b, 토토루, 세모, 호텔, 한량 님 같은 분들이랑 친해졌고요. 니트컴퍼니는 무업기간의 청년들이 우울감을 덜어내고, 소속감을 얻고, 서로 정보를 공유할 수 있는 곳이기 때문에 더 많이 알려졌으면 해요. 기업이나 정부의 후원도 많아져야 한다고 생각해요.

e스포츠와 게임으로 평생을 살아왔어요. e스포츠 관련하여

모바일 배틀그라운드, 모바일 카트라이더, 리그오브레전드(롤), 스타크래프트 게임 대회를 나가기도 했어요. 거기서 선수로 출전하거나 심판을 보기도 했고요. 니트생활자에서 진행했던 니트인베스트먼트 2기로 지원을 받아 게임 방송을 하기도 했어요. PC방 대회나 기업에서 개최한 대회에서 입상을 한 적도 있고요.

지금은 카트라이더 드리프트를 하고 있어요. 최근에 청년들만 참여할 수 있는 리그에 참여해서 입상하기도 했어요. 대회는 있으면 최대한 나가려고 하고 있어요. 카트라이더를 주력으로 했고, 거기에 관한 추억이 많아요. 초등학교 1학년 때부터 했으니까 19년 정도 했어요. 롤은 중3때부터 해서 지금 티어는 실버 4예요. 게임은 20대 초반이 가장 전성기인 것 같아요. 그때 플래티넘까지 찍었거든요. 아마 내년에는 브론즈를 가지 않을까 싶어요. 요즘에는 옛날만큼 반응이나 실력이 안 나와요.

어렸을 때는 컴퓨터 보급이 잘 되는 시기가 아니어서 집에 컴퓨터가 없었어요. 명절에 친척 집에 가서 사촌들이랑 같이 PC방을 가서 처음으로 포트리스를 했어요. 그때 게임을 하고 난 뒤 게임에 관심을 갖게 되었어요. 본격적으로 게임에 입문한 건 스타크래프트를 했을 때였어요. 아무래도 스타크래프트는 전략이 많기도 하고, 친구들이랑 하는 것도 재밌었어요. 이해할수록 많이 이기고, 점수가 올라가는 게 보이니까 계속 하면 잘할 수 있을 거라는 생각으로 했어요.

그러다가 반 친구들과 PC방 게임 대회에 참여한 적이 있어요. 그때 PC방이 꽉 찼었어요. 반에서 잘하는 애들이 각각 4명씩 모여 4대 4 헌터 맵에서 겨뤘어요. 5판 3선승이었는데 3대 1로 거의 완벽하게 이겨서 처음 상금을 받았어요. 당시에 한 명당 5천원을 받았거든요. 그때 희열과 재미를 느꼈어요. 그게 처음 접한 e스포츠였어요. 그때부터 게임 대회에 관심을 갖고 카트라이더와 피파온라인 대회도 나갔고, 스타크래프트나 롤 대회를 직관하기도 했어요. 대회가 열리는 잠실, 상암, 용산 같은 데를 자주 갔었어요. 살면서 행복했던 순간 중 하나로 기억해요.

게임 대회 심판으로 일하기도 했어요. 게임 대회를 여는 회사에서 PC방 대회를 많이 하거든요. 자리마다 세팅에 이상 없나 하나씩 점검하고, 타인 이름으로 참여하는 사람도 있을 수 있으니 사람들 인적 검사를 하거나, 경기 결과를 취합해서 본부에 보고하고, 분쟁이 생기면 해결해 주는 역할을 했어요. 이게 약간 꿀알바고, 선착순이다 보니 인기가 많아요. 이 일을 한 지는 거의 3년 정도 됐는데 대회가 많지 않다보니 자주 하지는 못해요.

지금은 e스포츠의 전성기라 할 만한 시대는 아니어서 대회가 거의 없다시피 해요. 전성기는 10년 전에 문호준, 유영혁, 김택환 같은 선수들이 있었을 때가 가장 활발했었어요. e스포츠 자체가 침체기인 것 같아요. 아시안게임에 e스포츠 종목이 채택된 것까지는 좋았는데 그 후로 승부 조작 사건이 있었고요. 스타크래프트는 거의 20년 가까이 말도 안 되게 자리를 잡았던 거고, 롤도 이제 거의 10년 됐잖아요. 그러면 그 다음을 이어줄 게임이 나와야 하는데, 그게 발로란트라는 생각이 들어요. 그렇지만 아직 롤만큼의 영향력은 없다고 봐요. 보는 재미가 있는 게임이 나온다면 e스포츠가 다시 떠오를 것 같아요. 마음 같아서는 올림픽까지도 들어가면 좋겠는데 아직은 좀 먼 이야기 같아요.

아무래도 e스포츠 자체가 예산이 적어서 크게 할 수가 없는 상황이에요. 기성세대의 인식도 안 좋고요. e스포츠는 한국이 1위라고 생각하는데 이걸 묵힌다는 게 좀 아쉽긴 해요. 정부에서 투자를 하면 좋은데 말이에요. 최근에 롤드컵이라는 글로벌 롤 대회에서 한국이 우승을 못하는 경우가 잦아졌어요. 중국이나 유럽 쪽이 치고 올라오니까 한국에서는 e스포츠가 어렵다는 걸 실감하고 있어요.

방송은 아프리카TV에서 했고, 주 콘텐츠는 게임과 토크였어요. 주로 카트라이더나 롤, 히오스를 했고요. 시청자가 많지는 않아요. 그래서 거의 취미로 하고 있어요. 하스스톤을 좋아하기도 했고, 방송 보는 것도 좋아해서 따효니, 공혁준, 룩삼, 침착맨방송을 많이 봤어요. 지금은 하고 싶을 때만 방송을 하고 있어요. 일주일에 한두 번 정도요. 컴퓨터 사양이 좋지 않아서 게임과 방송을 동시에 하면 렉이 걸리기 때문에 컴퓨터를 바꿔야 해요. 그래서 조립컴퓨터를 알아보면서 컴퓨터를 살 돈을 모으고 있어요. 크리에이터를 하고 싶기는 한데 내성적이라 어렵기는 해요. 예전에 비해 나아지기는 해서 더 나아지면 하고 싶어요.

취미로 일주일에 두세 번씩 산책을 가요. 게임을 오래하다 보면 아무래도 눈이 아파요. 그렇다고 중간에 나가기에는 같이 하는 사람이 있어서 흐름이 끊기고요. PC방이나 코인노래방도 가고요. 동대문 오랑이 가까워서 몇 번 갔어요. 서울 중앙에 살면 나중에 여러 지역에 있는 청년센터를 다녀보고 싶어요. 요새는 게임을 두세 시간 정도만 해요. 게임 오프라인 정모는 안 가봤어요. 위험하다는 이야기를 들어서요.

전시회 서포터즈와 봉사활동도 많이 해요. 예전에는 독고다이라고 생각했지만 좋은 사람들을 만나다 보니까 나도 좋은 사람이 되자고 생각해서 봉사를 하고 있어요. 청소년 멘토링도 하고, 어르신 자서전 만들기 봉사도 하고 있어요. 자서전 봉사는 어르신들을 10회 정도 만나서 인터뷰 하고, 책으로 만드는 활동이에요. 경기도 자치분권 청년 서포터즈라고 해서 정책을 제안하고, 모니터링 하는 활동을 하고 있어요.

게임 대회가 상금으로 주니까 한 번에 수익이 들어오기는 해요. 그렇지만 평균적으로 봤을 때는 서포터즈 원고료가 꾸준히 들어와서 지금은 서포터즈 기자단 활동이 거의 주수입이에요. 당근마켓 같은 어플을 통해서 중고 거래도 해요. 서포터즈나 이벤트 응모를 할 때 가끔 물건이나 기프티콘이 나오거든요. 그것을 다시 팔아서 수입을 얻기도 하고요. 블로그나 SNS 홍보를 통해 수익을 얻기도 하고요.

올해는 고성능의 컴퓨터를 마련하고, 지금 하고 있는 서포터즈 기자단을 성공적으로 수료하는 게 목표에요. 이번에 한국에서 롤드컵이 열려서 꼭 보러 갈 거고요. 여유가 된다면 월드컵 직관을 가고 싶기도 해요. 2026년 북아메리카 월드컵은 어렵고, 그 다음 월드컵이라도 노리려고요. 블리즈컨도 가고 싶고요. 될지는 모르겠지만 내 집 마련이 목표에요. 이왕이면 잠실에 살고 싶어요. 무엇보다 그곳에 e스포츠 경기장이 있고, 롯데월드와 아쿠아리움도 있고, 석촌호수 쪽에 다양한 공연도 하고, 교통도 편리해서 어디 가기에도 편하니까 좋은 것 같아요. 비싸긴 해도 월세로라도 가고 싶어요.

서른 살까지는 게임 쪽에서 일을 할 거예요. 서른 살이 지나면 현실적으로 경제생활에 좀 더 비중을 둬야 할 것 같아요. 그때가 되면 게임은 취미로 할 것 같아요. 게임 대회는 딱 서른 살까지인 것 같아요. 어차피 그 이상 넘어가면 실력이 안 나올 것 같고요. 게임과 관련된 산업에는 기회가 되면 지원할 생각이에요. 게임 회사보다는 게임 대회를 운영하는 쪽으로 가지 않을까 싶어요. 아무래도 세상에는 고립된 사람이 잘못이라는 고정관념이 있다고 생각해서, 그런 고정관념을 바꾸는 활동을 하고 싶기도 해요. 협의체 활동을 통해서 고립청년들을 지원할 수 있는 변화를 만들려고 해요.

인생 목표는 대통령을 만나보는 거예요. 어떤 대통령인지는 상관없어요. 높은 사람을 만나면 그 사람들이 어떤 생각을 하는지 알 수 있잖아요. 지금 청년 활동들을 하고 있는데 기회가 된다면 청년 활동가로 구의원이나 시의원을 도전하고 싶어요. 최종 목표는 70세 정도 됐을 때 제 이름으로 된 재단을 세우는 거예요. e스포츠 아니면 은둔청년들을 지원할 수 있는 단체를 만들고 싶어요. 씨즈의 미노루님이나 안무서운회사의 유승규 대표님 같은 분들한테 도움을 받았듯이 다른 사람한테 베풀어야 한다고 항상 생각하고 있어요.

자판 : 학창 시절은 어땠나요?

처음처럼 : 가족에 대해서는 별로 이야기 하고 싶지 않아요. 좋은 내용이 없어서요. 조금이라도 좋은 기억이 있다면 이야기 했겠지만 좋았던 기억이 없어요. 약간만 이야기 하면 저는 외동이고 다른 형제는 없어요. 아버지는 대리 운전을 하셨고, 어머니는 카페에서 매니저로 일하시고요. 원래는 서울 도봉구 쪽에 살다가 아버지 빚 때문에 남양주로 내려왔어요. 아버지가 사고를 많이 치셨어요.

친구 덕분에 학창 시절을 버텼어요. 지금은 연락이 끊겼지만 당시에는 그들 덕분에 재밌기도 했고, 행복했어요. 그런데 친구도 결국엔 돈 문제로 멀어지더라고요. 학창 시절에 친했던 친구가 둘 있었어요. 한 명은 제가 빌려준 비비탄 총을 안 돌려줬어요. 당시에 저한테 비싼 물건이었는데 돌려주는 걸 계속 미루더라고요. 그냥 주기 싫거나 아니면 진짜 잃어버렸을 텐데 그때 생각으로는 아닌 것 같아서 끊었고, 다른 한 명은 그 친구 집에서 게임을 하고 계정을 로그아웃 하지 않고 갔나 봐요. 그런데 계정이 털려 있었어요. 누가 봐도 걔가 한 건데 자기가 안 했다고 거짓말을 하더라고요. 제가 이사를 여러 번 다니면서 학교를 여러 군데 다녔거든요. 그러다 보니까 정말 친한 친구를 만들기가 어려웠어요.

e스포츠로 가야겠다는 확신을 준 게 삼성동에서 했던 스타크래프트2 경기를 봤을 때였어요. 그때 1초 차이로 게임이 끝난 경기가 있었거든요. 벤시라는 캐릭터가 있고, 상대편은 건물이 딱 하나 남아서 그게 터지면 게임을 이길 수 있는 상황이었어요. 벤시는 은신이 되는데 지속 시간이 얼마 남지 않은 거예요. 벤시가 은신이 풀리기 전에 상대의 건물을 부수냐, 마느냐에 따라 게임의 승패가 결정되는 상황이었어요. 결국 벤시가 은신이 풀리기 거의 1초 전에 상대 건물을 부수면서 게임이 끝났어요. 그때 선수가 포효하는 모습과 사람들이 환호하는 모습을 보면서 소름이 돋고 가슴이 뛰었어요. 지금까지 본 경기 중에서도 역대급이었어요. 그 후로 e스포츠는 웬만한 스포츠 못지않다고 생각해서 가장 기억에 남았던 순간이에요.

누군가의 말을 인용해서 표현하자면 게임은 나의 문화이자, 추억이며, 학창 시절이었어요. (원문은 "스타크래프트는 예술이었고, 문화였으며, 우리의 학창 시절이었다"이다.) 예전에 스타 리그에서 어떤 분이 플랜카드로 이 문구를 들고 있었는데 그 플랜카드를 카메라가 담았어요. 그걸 쓴 분도 아마 30대였을 거예요. 그때는 전성기가 끝나가고 있을 때였어요.

예전에는 팽이나 딱지치기 같은 놀이를 했잖아요. 게임은 그걸 발전시켜서 나온 놀이예요. 만약에 게임을 없애면 청소년들이 마약이나 술에 손댈 수도 있다고 생각해요. 그런 나쁜 길로 가기 전 마지막 단계가 게임이라고 생각해요. 게임으로 스트레스를 해소할 수 있고, 관련 직업을 얻을 수도 있고, 팀 게임을 하면 사회성도 기를 수 있지 않을까 생각해요. 이게 중독이라는 사람들이 많은데 제 입장에서는 문화예요.

집안에 불화가 많다 보니까 일찍 독립하려고 생각했어요. 제 생기부를 보면 장래희망이 모두 프로게이머로 도배되어 있어요. 프로게이머가 되려고 최대한 노력했는데 환경이 아쉬웠어요. 게임 학원이나 컴퓨터 장비 같은 부모님의 지원이 있으면 어땠을까 하는 아쉬움이 있어요. 형편이 안 좋기도 했고, 부모님은 제가 게임을 하는 것에 대해서 결사반대 했어요. 저는 30대가 넘어도 프로게이머를 할 수 있을 거라고 생각했어요. 물론 당시에 다큐 같은 거 보면 20대 후반이면 거의 끝난다고 했는데, 평생직장이 가능할 거라고 생각해서 계속 도전을 했었어요.

차라리 원 없이 했으면 후회는 안 남는데 당시에 안 좋은 컴퓨터로도 게임을 못하게 했어요. 집에서 한창 게임을 하는데 강제로 꺼버릴 정도니까요. 컴퓨터 선을 숨긴다든가, 인터넷 선을 자르는 식으로 자꾸 방해를 했어요. 제일 기억에 남았던 것은 메이플스토리에서 핫타임 이벤트를 했을 때에요. 그 이벤트는 특정 시간에 접속해야 아이템을 받을 수 있거든요. 그런데 아예 컴퓨터를 못 하게 했어요. 그때는 게임이 전부였는데 그렇게 해버리니 기분이 안 좋았죠.

아버지는 무조건 대기업을 가거나 아니면 공무원을 하라고 했어요. 어떻게 보면 그것도 어느 정도 지원이 있어야 가능한 건데 지원도 없었어요. 심지어 아버지도 좋은 대학 나온 것도 아니고, 대기업에서 일하는 것도 아니면서 그렇게 하니까 저도 화가 많이 났었어요. 결국엔 저를 이용하려는 거라는 생각을 많이 했어요. 자기가 못한 거를 나한테 이루게 한 다음에 나중에 돈을 달라고 하지 않을까 생각했어요. 저는 돈을 적게 벌더라도 하고 싶은 일을 하면서 행복하게 사는 걸 추구했기 때문에 아버지와 가치관이 완전 정반대였어요.

그러다가 스무 살로 넘어가는 시점에 사건이 터졌어요. 제가 아끼던 게임 굿즈들이 있었어요. 카트라이더 배찌 캐릭터 굿즈와 롤 포스터, 게임 장패드 같은 것들을 제가 밖에 있는 동안에 다 버렸더라고요. 왜 버렸냐고 하니까 그런 것 때문에 게임을 하는 게 아니냐고 그랬어요. 또 아빠가 주식으로 돈을 날리고, 회사 상황도 안 좋아져서 제 이름으로 대출을 해달라는 거예요. 전 하기 싫다니까 술 취한 것도 있겠지만 아빠가 폭행을 했고, 칼로 위협까지 했어요. 그때 경찰에 신고하고 그 이후로 독립을 했어요. 저렴한 곳에 들어가서 어렸을 때 모았던 세뱃돈과 게임 아이템을 다 팔아서 남은 돈으로 버텼어요.

맨 처음에는 고시원에서 살았어요. 거기서 살다가 성북구에서 좀 싸게 나온 데가 있어서 거기 반지하에 살았어요. 그 후 남양주로 돌아왔는데 당시 온라인으로 버는 수익이 다여서 굉장히 빠듯했어요. 그래서 게임하시는 분한테 돈을 빌리기도 했어요. 금전적인 문제가 컸어요. 집을 무조건 싼 데만 찾아서 좀 열악했어요. 방음도 안 되고, 누수도 있었고요. 보일러를 안 틀어서 찬물 샤워를 했어요. 잘 때는 이불을 두세 개 씩 덮고 자고요. 바퀴벌레 같은 것도 좀 있어서 언젠가는 너무 화가 난 나머지 주먹으로 쳐서 잡았던 적도 있어요.

자판 : 언제 고립감을 느꼈나요?

처음처럼 : 은둔 생활을 하기 전부터 연락할 사람이 없었어요. 고등학교 친구들하고도 연락하지 않았고, 부모님도 저를 이용하려고만 하고, 나라에서도 뭐 해 주는 게 없었어요. 도움 받을 곳이 없으니까 고립감을 느꼈어요. 고등학교를 졸업하고 친구들에게 한 번 연락 왔었어요. 저는 안 부르고 자기네들끼리 모인 자리에서 제 근황이 궁금해서 그냥 연락을 한 거예요. 배신감도 들고, 기분이 나빴어요. 대학을 다니기는 했는데 밤낮이

바뀌었다 보니까 야간대학을 갔어요. 갔는데 또래가 별로 없더라고요. 학원 다니는 느낌이었어요. 그러다 보니 집에 있는 시간이 많아지고, 감정적으로 힘들었어요. 집과 학교만 왔다 갔다 했어요. 학교도 거의 안 가서 학고를 받기도 했고요.

그때는 믿을 사람 없고, 인생은 독고다이라고 확신했어요. 어떻게든 존버 하자는 생각이었어요. 유튜브, 드라마, 영화, 애니메이션을 많이 봤어요. 뉴스를 보면서 저만의 상상에 빠지기도 했어요. 당시에는 가만히 있어도 시간이 지나면 상황이 나아질 거라고 생각했어요. 인구가 줄어들면 나중에 집이 남아도니까 집값이 싸지고, 일자리가 늘어날 거라 생각했어요. 어차피 혼자 사는 것은 문제없다고 생각하면서 버티는 게 목표였어요.

고립했을 때 제가 해보고 싶은 것도 많이 해봤어요. 2박 3일 동안 잠도 안 자고 게임 했고, 그때 당시에는 온라인으로 수익을 벌려고 게임 대회를 하면서 다른 사람과 디스코드나 스카이프도 많이 했어요. 그런 것들이 기억나요. 지금은 연락하지 않지만 당시에 온라인에서 알던 사람들이 없었다면 안 좋은 쪽으로 빠질 수 있었을 것 같아요.

밖은 최소한으로 나갔어요. 편의점을 간다든가, 머리가 아프다든가 할 때 나갔고, 웬만한 것도 쿠팡으로 배달을 시켰어요. 물건을 안 치우다보니 방이 많이 어질러져 있었어요. 작년 여름

쯤에 주거지를 옮기면서 한 번에 다 치웠거든요. 꽤 양이 많아 치우는데 오래 걸렸어요. 활동하는 쪽에서 도와주는 경우도 있기는 한데 제 방을 보여드리는 게 싫어서 요청하지는 않았어요.

방 상태가 많이 어질러져 있던 게 기억이 남아요. 그게 제 정신 상태 같은 느낌이 들었어요. 그리고 심리적으로도 죽음에 관해서 생각하는 경우가 많았어요. 당시에 〈신과 함께〉라는 만화를 봐서 그런지는 몰라도 죽으면 어떤 세계로 갈까 생각했어요. 게임을 오래 하다 보니 건강에도 문제가 있었어요. 하루에 10시간 이상 할 때는 허리랑 목이 굉장히 불편했어요.

당시에 일할 생각 자체가 없었고, 게임만 주야장천 했어요. 그때 게임했던 시간이 가장 길지 않을까 싶어요. 그러다 보니까 집세와 먹을 걸 어떻게 해야 할 지 불안했고, 그 당시에 컴퓨터도 망가지기 직전이어서 게임도 못 하면 집에서는 아무 것도 할 수 없는 상황이었어요. 내 편이 하나도 없다는 느낌을 받았어요. 당시에 연락처도 다 지웠거든요. 통화 기록에 세 달 정도 연락 안 했던 사람들을 정리했는데 열 명 정도 남더라고요. 남은 사람들도 언제 연락이 끊길지 모르기 때문에 무인도에 갇힌 느낌이 들어서 그게 가장 힘들었어요.

혼자만의 생각을 많이 했어요. 사회 탓을 많이 했어요. 사회와 부모의 책임이라는 생각도 하고요. 지금까지도 부유층들은 대부분 세습이라고 생각해요. 요즘에 자수성가를 하는 경우는 거의 없다고 봐요. 아무리 노력해도 넘을 수 없는 산이 있잖아요. 이미 불공평하기 때문에 노력하면 된다는 말은 기성세대가 할 말은 아닌 것 같아요. 장사의 신 은현장이든가, 백종원 같은 사람들이 아니면 말이에요. 그렇게 성공한 사람들은 정말 극소수라서 확률로 봤을 때 말이 안 된다고 생각해요.

일반 월급쟁이로는 중산층이 되기도 어려울 거라고 봐요. 몇 가지 방법이 있을 거예요. 청약이 될 수도 있고, 사업은 필수적으로 해야 할 것 같고요. 아니면 방송 쪽 또는 어느 한 분야의 전문가여야 한다고 생각해요. 마지노선으로 중견기업 정도로 보고요. 거기에 들어가지 못하면 중하위에 머물지 않을까 해요. 최근에 어느 대기업에서 장기근속을 한 사람의 자녀들에게 정규직으로 입사시킬 수 있는 권한을 줄 수 있다는 글을 읽었어요. 말이 안 되는 일이에요. 낙하산은 없어져야 해요. 양도세가 지금 아마 50% 정도로 알고 있는데 7, 80%까지는 올려야 청년의 시작이 비슷해지지 않을까 해요.

밥은 하루에 한 끼에서 두 끼 정도 먹었어요. 베이크라는 브리토 같은 음식이 있는데 이게 냉동이어도 꽤 맛있더라고요. 그걸 자주 먹었어요. 아니면 가끔씩 기프티콘 생기는 걸로 먹던가 했었어요. 언젠가는 서든어택 클랜원인 어떤 형이 도와준 적도 있긴 해요. 사업을 하는 형이었는데 1, 2만원 씩 입금해주기도 하고, 가끔은 치킨이나 햄버거 기프티콘을 주기도 했어요. 지금은 연락이 안 돼서 〈지금 만나러 갑니다〉 같은 프로그램이 있으면 찾아서 만나고 싶어요.

햇살도 좀 쬐고, 바깥 공기도 마시려고 가끔씩 나가기도 했어요. 나가서 보니 잘 사는 사람들이 굉장히 많다는 생각이 들었어요. 빈부격차가 보였어요. 명품을 입었다든가, 비싼 차를 탄다거나, 좋은 아파트에 살거나, 레스토랑에 있는 사람들이 부럽기도 했어요. 연애에는 관심이 없었어요. 연애를 하면 돈이 많이 나간다는 고정관념이 있어서요. 차라리 그 돈으로 롤 스킨을 사고 말지 하는 생각까지 했어요. 유튜브에 찌들다 보니까 N포세대가 당연하다고 느꼈어요. 결혼이나 연애를 안 하고, 나를 위해서 사는 걸 당연시했어요. 지금은 연애를 하면 좋겠다고 생각하는데 아직은 이르다고 생각해요.

자판 : 고립감을 느끼는 원인이 무엇인가요?

처음처럼 : 무엇보다 경제적 어려움이요. 삶 자체를 가성비로 살 수밖에 없어요. 집도 반지하로 갈 수밖에 없고요. 먹을 것도 최대한 저렴한 걸로 사서 끼니만 때우려고 하고요. 그러다보니

라면을 자주 먹었어요. 사람들과 소통은 웬만하면 온라인으로만 해요.

내향적인 성격도 한 몫 해요. 남들이 먼저 말 걸기 전까지는 절대 말을 안 해요. 어느 가게를 가더라도 말로 주문을 못 해요. 언젠가는 종업원이 너무 바빠 보여서 종이에 글을 쓴 적도 있어요. 본능적으로 폐를 끼치는 걸 싫어해요. 낯가림도 심하고, 대화를 이어나가는 법을 잘 모르겠어요. 질문에만 대답하다 보니까 대화를 지속하기가 좀 어려워요. 그나마 아는 사람이 있으면 대화를 하고 그게 아니면 거의 말을 못해요. 이런 일이 반복되면 자리를 피하려고 해요.

말을 먼저 못 걸다보니 인간관계에 어려움을 느끼기도 하고요. 이성이 더 어려운 편이에요. 그런데 활동을 하다 보면 여성을 만나는 경우가 더 많아요. 아직까지 연애를 못했어요. 작년에 서포터즈 활동하면서 세네 번 본 분이 있는데 배려심도 있으면서 털털한 분이었어요. 저한테 신경을 써주셔서 그때 호감을 갖기도 했지만 지금은 접점이 없어서 따로 연락하고 있지는 않아요.

익명으로 만났을 때, 특히 토크온 같은 데서는 격식을 차리지 않아도 되고, 드립 같은 거 쳐도 상관이 없으니까 더 편했어요. 근데 활동하는 곳에서 그랬다가 한순간에 이미지가 망가질 수 있어요. 몇 번 활동을 하다 보니 단체생활에서는 혹시라도 불편한 사람이 있을 수가 있기 때문에 조심해야 해요. 이상한 말을 하기보다는 경청하는 게 나아요. 사람마다 생각이 다르잖아요. 제가 게임 용어로 농담을 하면 다 못 알아듣더라고요. 그렇게 농담을 하면 이상한 사람으로 볼 수가 있기 때문에 조심해야 해요.

젠더나 정치도 문제가 될 수 있잖아요. 아무래도 활동에서 만나는 분들은 생각이 다르신 분들도 많아서 웬만하면 그런 얘기는 안 꺼내려고 해요. 성향이 다른 사람하고 친구가 될 수 있다고 생각해요. 완전 외향적인 사람이 있잖아요. 그런 사람이면 가능할 것 같아요. 그런 사람들이 먼저 다가오면 자연스럽게 대화하고 이야기가 안 끊기더라고요.

그래도 지금은 연락할 수 있는 사람들이 꽤 있어요. 그런데 먼저 연락 하는 사람은 없고, 있다 하더라도 학창 시절의 친구 같은 끈끈함을 느낄 수는 없어요. 예전에 니트컴퍼니를 통해 모임을 연 적이 있어요. 추억 아이템을 갖고 와서 같이 저녁 먹으면서 얘기를 하는 모임이었어요. 다섯 명을 모집해서 세 명이 신청했는데, 두 명이 취소를 해서 남은 사람이 한 명이었어요. 모임을 잘 마치기는 했지만 결과적으로는 좀 아쉬웠어요.

성인이 되고 나서는 고등학교 때처럼 친구처럼 지내기가 어려운 것 같아요. 학교 친구들하고는 학교에서 하루 종일 만나고 생활하니까 친근감이 생기는데, 프로그램에서 만나는 사람들은 그때뿐이고 기약이 없으니까요. 사회에서 관계를 지속하기가 쉽지 않아요. 좋은 사람과 인연을 지속하고 있어도 상대방이 내심 부담스러워할 수도 있으니까요.

제가 이렇게 활동을 하고 있지만 여러 활동을 하고 있다 보니까 언젠가 번아웃이 올 것 같기도 해요. 활동할 때 일정이 겹칠 때가 있어요. 그럴 때는 불참하는 경우가 생기다 보니까 한쪽에는 죄송하잖아요. 그런 게 계속 되다 보면 저에 대한 안 좋은 소문이 돌 수도 있죠. 심지어 니트컴퍼니에서도 한번 노쇼 한 적이 있어요. 여러 활동을 하다 보니 생기는 단점이더라고요. 그러다 보면 또다시 혼자 남게 될 것 같아요.

지금은 청년으로서 혼자이기는 하지만 노인이 되어서 고립감을 느끼겠다고 생각해요. 올해도 청년 예산이 많이 삭감됐다고 들었어요. 그래서 활동을 지속하기가 어려울 수도 있겠다는 생각을 자꾸 해요. 단체에서도 자꾸 돈이 없다고 하니까요. 이런 활동들이 줄어들면 줄어들지, 더 늘어나진 않아요. 그걸 느낀 게 일본에서 히키코모리를 지원해 주는 K2인터내셔널이라는 단체가 있는데, 그 단체가 한국에 들어왔다가 10년 만에 철수한 것을 보면 다른 데도 하나둘씩 없어지겠다는 생각이 들어요.

말로는 바뀐다고 하는데 변화가 안 보여요. 이번에도 서울시장을 만나고 왔는데 말로는 예산을 늘린다고 했어요. 그런데 정권교체가 빠르게 이뤄지잖아요. 그래서 지금 말해놨던 게 다시 백지화되지 않을까 싶어요. 사회 편차가 심한 것도 큰 요인이에요. 서울-수도권 간에도 그렇고, 수도권 내부에서도 그렇고요. 은평구에 두더집이라는 은둔청년들의 모임터가 있어요. 그런 곳들이 많아졌으면 좋겠어요.

자판 : 고립감을 어떻게 해소하나요?

처음처럼 : 일시적이긴 하지만 온라인으로 사람들이랑 게임을 하면 그나마 해소돼요. 니트컴퍼니와 같은 커뮤니티 프로그램에 참여해 보는 것도 도움이 되고요. 지역에서 한 달 살기도 해볼까 해요. 그러면 그 사람들하고 네트워킹을 할 수 있으니까요. 언젠가는 서울시청이나 남양주시청도 갔었어요. 문화재단이나 오랑, 집 주변 공원을 가기도 했고요. 다양한 곳에 가서 다양한 사람들을 만나요.

시청을 가면 경비나 민원 보러 온 사람들이 있잖아요. 항상 사람이 붐비더라고요. 시장 같은 분위기를 좋아해요. 열심히 살아가는 모습을 보고 동기부여가 돼요. 힘들 때는 어디로 가야 할지도 몰라서 아무것도 안 했고, 은둔고수 프로그램 할 때 행정복지센터 공무원한테 찾아가서 도움을 청한 적이 있는데 귀찮아하더라고요. 청년 관련한 내용은 다른 부서로 알아봐야 한다고 하면서요. 그래서 이미지가 안 좋아요.

니트컴퍼니를 하면서 느꼈는데 사람들과 있을 때 용기가 필요할 것 같아요. 결국 제가 먼저 외향적으로 바뀌어야지 사람들이랑 더 친해질 수 있더라고요. 말 잘하는 사람들이 부러워요. 예를 들면 김창옥 교수님 같은 분도 그렇고, 탁재훈이나 유시민처럼 뭔가 다양한 단어를 막힘없이 사용하면서 말하면 더 많은 사람하고 관계를 맺는 게 수월할 것 같아서 최대한 노력하고 있어요. 2년 전의 저였으면 지금처럼 인터뷰도 못 했을 거예요.

유기견 센터에서 니트컴퍼니를 통해 유기견 임시보호를 할 사람을 구해서 참여했어요. 거기서 교육을 듣고, 봉사를 갔어요. 프로그램을 해보니까 운둔청년이 반려견을 키우는 것도 도움이 될 것 같다고 생각해요. 반려견을 산책 시키고, 밥도 주고, 패드도 채워야 하다 보니까 좀 더 규칙적으로 살게 돼요. 또 반려견이 집에 왔을 때 반겨줘요. 반려견한테는 감정이 솔직해지고, 의지할 수 있는 게 있다는 게 커요.

은둔청년들이 바로 대면으로 프로그램에 참여하기 어려울 수도 있거든요. 저도 그런 경험이 있다 보니까 줌이나 메타버스 같은 걸로 사전에 만났으면 좋겠어요. 그러면 접근성이 훨씬 더 좋지 않을까 생각해요. 은둔청년도 배달을 시키거나 편의점은 가니까 관련 경로에 홍보물이 있으면 좋을 것 같아요.

자판 : 고립청년에 관해 어떻게 생각하나요?

처음처럼 : 1인 가구가 늘어나고, 경제가 어려워지면서 계속 심각해지고 있다고 생각해요. 아무래도 경제적으로 힘들어지면 밖에 나가는 게 거의 다 돈 쓰는 거니까 외출을 최소화하면서 자연스럽게 고립될 수밖에 없을 것 같아요. 그렇다고 고립청년이 모일 수 있는 커뮤니티 프로그램도 많지 않고요. 있다고 해도 일회성이니까 일시적인 방안이라 생각하고, 지속 가능한 네트워킹이 만들어지지 않는 한 개선되기는 어려울 것 같아요.

거점별로 청년 공간도 많았으면 좋겠어요. 연 단위의 커뮤니티 사업도 많아져야 하고요. 고립청년을 지원하는 단체들이 하나같이 하는 소리가 예산이 부족해서 힘들다고 하거든요. 정부나 기업에서도 그런 단체에게 지원을 해주는 게 필요하지 않을까 해요. 고립청년에게는 일자리 사업보다는 커뮤니티 사업이 우선이라고 생각해요. 거기서 사회성을 기르거나 일 경험을 해야 나중에 사회에 적응하기가 수월할 것 같아요.

일자리 사업의 경우에는 기업 간 편차가 크기 때문에 편차를 줄여야 일하는 청년들이 늘어날 것 같아요. 취업도 중요하지만 근속이 중요하니까요. 어떤 회사에 취업하더라도 복지가 중요하다고 생각해요. 요즘 중소기업에 대한 인식이 안 좋잖아요. 그런 기업이 생각보다 많으니까 기업 문화도 좀 바뀌어야 일자리 사업이 효과적일 것 같아요.

대학교 졸업 요건 중에 현장실습이 있어서 3개월 일을 한 적이 있어요. 자재 관리 회사에서 일했었는데 최악이었어요. 직원끼리도 사이가 안 좋아서 싸우더라고요. 일찍 출근하고, 늦게 퇴근하는 게 기본이고요. 심지어 임금 체불이 됐는데 회사 사정상 30만 원밖에 못 준다 했어요. 당시에는 노동법에 대해서 잘 몰랐어요. 그래서 고민하다가 졸업만 하면 된다는 생각이어서 차비라고 생각하고 받고 끝냈던 기억이 있어요.

은둔하는 사람들 다 각자의 힘듦이 있는데 사회적으로는 사회에 적응을 하지 못한 사람이라고 보더라고요. 인식 개선 캠페인이 필요해요. 은둔하는 사람도 충분히 세상으로 나올 수 있다는 거를 공익광고를 통해서 좀 알려야 해요. 한 살인사건의 가해자가 은둔형 외톨이라는 기사가 난 적이 있어요. 그 사람이 은둔형 외톨이일 수 있겠죠. 그렇지만 서울대생이 누구를 죽였다고 해서 모든 서울대생이 문제가 있는 건 아니잖아요. 그 사람은 정신적으로도 문제가 있던 사람인데, 그걸 은둔형 외톨이 하나로 집단화하는 건 잘못됐다고 생각해요.

오뚝이,
사회에서 실패했을 때
위로를 못 받았어요

자판 : 오뚝이님은 어떤 분인가요?

오뚝이 : 올해 2월에 니트생활자에서 니트워킹데이 프로그램을 하더라고요. 그래서 거기 갔는데 사람들이 활동할 때 닉네임을 갖고 활동을 하니까 하나 지어보라 했어요. 별명을 지었을 때 저의 상태는 밑바닥이었어요. 꿈도, 미래도 전혀 생각할 수 없었던 무기력한 상태였어요. 그래서 뭐라고 지을까 하다가 그때는 그런 마음이 전혀 들지 않지만 조금씩 활동하면서 나중에는 오뚝이처럼 넘어져도 다시 일어난 상태가 되었으면 좋겠다는 바람을 담아서 예언적인 의미로 지었어요. 그런데 지금은 그게 실현이 됐어요.

직장을 다니다가 상사와의 불화로 그만두게 되고 아무것도 안 하고 있었어요. 집에서 혼자 컴퓨터에 '백수', '니트', '현생 망했음' 이런 것들을 쳐봤어요. 그러다가 아무것도 안 하는 당신을 위해서 니트생활자에서 진행하는 무슨 프로그램이 있다고 뜨는 거예요. 그래서 이게 뭐지 하고 봤더니 니트컴퍼니라는 프로그램을 하고, 제가 확인했을 때 제일 빠른 시기에 할 수 있는 게 니트워킹데이였어요.

사실 니트워킹데이도 하기 싫었어요. 나가면 모르는 사람들이랑 얘기를 하면서 걸어야 하는데 아무도 만나기 싫었어요. 그런데 이대로 가만히 있다가는 사람들이랑 영영 끊어지고 아무 것도 할 수 없을 것 같았어요. 사회에 들어가기는 해야 하는데 지금 당장 이력서 내고 면접 볼 수 있는 자신은 없었어요. 고립청년이나 니트가 모여서 뭔가 한다고 하니까 이거라도 나가야 겠다 해서 그냥 눈 감고 신청했어요.

그렇게 해서 니트워킹데이에 갔어요. 가서 처음 보는 사람들이 스무 명가량 있는데 머리가 너무 띵하고, 괜히 왔다는 생각이 들었어요. 그냥 돌아가서 없었던 일로 하고 싶었는데 꾹 참고 했어요. 거기서 저를 소개할 때 "저 아무것도 아닌 사람입니다. 여기 올만한 사람도 아니고, 아무런 가치가 없는 사람인데 그냥 왔습니다."라고 할 정도로 자존감이 낮았어요. 그런데 어떤 상황이든, 어떤 마음 상태든 다 괜찮고 그런 사람들이 모이는 곳이라며 잘 왔다고 하는 거예요. 그곳에서 저 같은 사람들끼리 모여서 같이 걷고, 얘기하는 것이 신선한 자극이 됐어요. 프로그램을 잘 마치고 운영진 분이 니트컴퍼니를 한다는 걸 알려줬어요. 사람들이랑 연결되고, 뭔가를 해볼 수 있겠다 해서 니트컴퍼니도 하기로 했어요.

니트컴퍼니는 고립청년이나 일을 하고 있지 않거나, 어디에 소속되어 있지 않은 청년들이 모여서 3개월 동안 회사 다니는 것처럼 온라인으로 출퇴근을 하고, 루틴을 잡는 프로그램이에요. 거기에서 할 업무를 각자 정하고, 그 업무를 매일매일 온라인에 인증하면서 활동해요. 그래서 다른 청년들이 어떻게 살고 있는지, 어떤 생각을 하고 있는지 알 수 있고요. 그러다 오프라인 모임을 통해 연결되기도 해요.

니트컴퍼니에서 매일 산책하기 업무를 했어요. 이전에는 하루 종일 일어나서 잘 때까지 햇빛도 안 보고, 집 안에만 있으니까 체력이 너무 떨어졌더라고요. 그래서 매일매일 밖에 나가서 햇빛 받고, 걷는 걸 주 업무로 했어요. 부 업무로는 영어 과외 프리랜서로 경제활동을 준비하기 위해 영문법 자료 만드는 거를 했어요.

매일 업무를 해야 하니까 공원이나 길거리에서 사람 사는 모습도 구경하고, 경제활동을 준비하고 있다는 데에서 자신감과 안정감도 얻을 수가 있었어요. 또 활동을 하기 전에는 혼자 고립되어서 아무와도 얘기를 안 했는데 활동 후에 비슷한 처지에 있는 사람들과 같이 이야기를 했어요. 오프라인에 나가서 사람들도 직접 보고, 모르는 사람과 대화하고 관계를 맺으면서 마음을 조금씩 회복했어요.

니트컴퍼니가 끝나고 활동한 것을 바탕으로 전시회를 하는데 거기서 스태프를 했어요. 원래는 스태프 같은 것도 도움이 돼야 하는데 실력도 없고, 능력도 없어서 안 하고 싶다는 마음이었어요. 못해도 괜찮으니까 할 수 있는 만큼 하자 해서 기획 운영으로 지원했어요. 지원을 한 뒤 어떻게 해야 할지 하나도 몰랐는데 니트컴퍼니 운영진인 다지님도 도와주시고, 이전에 전시회 운영을 하셨던 분들이 이끌어주셔서 많이 배웠어요.

저도 아이디어를 낼 수 있을 때 한 마디라도 더 하고, 줌 회의할 때 참석해서 채팅이라도 하나 더 치면서 참여했어요. 그 과정이 재밌었어요. 전시회에서 제 전시도 하고, 다른 사람들 한 것도 보고, 현장 이벤트도 운영하면서 낯선 사람들을 많이 만나는 것도 괜찮다고 느꼈어요. 또 전시를 보면서 다른 사람들이 얼마나 열심히 살아왔고, 각자의 자리에서 최선을 다했다는 걸 보면서 좀 뭉클하기도 했어요.

대학생 때는 이것저것 적극적으로 활동했는데 대학 졸업하고 공무원 시험 공부를 하는 시간이 길어지니까 대학생 때의 감을 다 잃었어요. 사람이 사람과 같이 있어야지 더 발전하고, 대인관계를 맺는 감각을 유지할 수 있는데 혼자만 있는 시간이 길어지다 보니까 그 감각을 잃어버리더라고요. 그러다가 갑자기 사람 만났을 때 어떻게 말하고, 행동해야 하는지를 잊어버려서 어려움을 겪었어요. 전시회 스태프를 하면서 대학생 때 대인관계를 어떻게 했는지도 다시 기억나고, 대학을 넘어 일반 사회에서 전시회를 기획, 운영하는 과정을 봐서 좋은 경험이었어요.

.

니트컴퍼니를 하면서 매일 쌓아온 루틴이 가장 기억에 남아요. 아침에 출근한다고 글 쓰고, 산책 가서 사진 한 장 찍고, 블로그에 영문법 강의 자료 올리면서 그것들을 쌓아 갔어요. 오프라인 모임이나 전시회는 특별한 이벤트로 남아 있어요. 가장 중요한 거는 어떤 계기로 하루아침에 사람이 바뀌는 게 아니고, 매일매일 조금씩 작은 성취를 몇 개월동안 쌓아올리면서 다시 일어날 수가 있더라고요. 그런 시간을 가질 수 있었던 게 실질적으로 도움이 됐어요.

니트컴퍼니 하는 도중에 정부에서 하는 청년도전지원사업에 지원했어요. 청년도전지원사업은 구직 단념 청년에게 다시 구직을 할 수 있게끔 자기 탐색을 하고, 직무 역량을 확인하고, 이력서 쓰기나 면접 같은 구직 기술을 강화시켜 주는 프로그램이에요. 5개월짜리 프로그램인데 현재 3개월째 하고 있어요. 첫 한두 달 동안 자기 탐색에 많은 시간을 들여서 도움을 주셨어요. 성격 검사, 직업 가치관 검사, 직업 흥미도 검사 등을 하면 전문가 선생님이 자세히 가르쳐주고, 또 모둠으로 나눠서 직접 얘기하면서 취업을 하기 전에 나 자신이 뭘 좋아하고, 뭘 하고 싶어 하는지 알아가는 시간을 가졌어요.

우리나라는 공무원이나 사 자가 들어간 직업을 갖거나, 대기업에 취업하는 것만이 길인 줄 알잖아요. 그렇게 취업하지 못하면 실패한 인생으로 보니까 아무 데나 취업할 수 없는 거고요. 저도 그렇게만 생각하고 있었는데 여기서 자기 탐색하면서 남들이 봤을 때 괜찮은 직업을 가져야 한다는 생각을 버렸어요. 그리고 내가 어떤 상황에서 가장 열정적으로 일할 수 있고, 어떤 상황에서 불편한 지를 탐색했어요.

그렇게 탐색하면서 이미 시스템이 갖춰져 있는 대기업에 소속돼서 일하는 게 저랑은 좀 맞지 않다는 걸 알게 됐어요. 대신 아직 체계가 안 잡혀 있는 스타트업이나 소규모의 회사에서 새로운 걸 런칭할 때 제가 주도해서 하면 열정이 생기고, 일에 몰두할 수 있다는 걸 알게 됐어요. 그런 일을 할 수 있는 직군이 프로덕트 매니저라는 걸 알게 됐어요. 프로덕트 매니저는 새로운 상품을 런칭하려고 할 때 리서치와 기획, 마케팅 전반을 돕는 직무예요. 지금은 프로덕트 매니저를 뽑는 회사에 지원해서 면접을 보러 다니고 있어요.

취미는 넷플릭스 드라마 보는 것도 좋아하고, TV 프로그램 중에서도 〈고독한 미식가〉라든지, 〈TV 동물농장〉 같은 프로그램을 좋아해요. 원래 스포츠를 좋아했는데 요즘에는 잘 못 하고 있어요. 나중에는 같이 하는 사람이나 동호회를 알아보려고 해요. 원래는 축구나 테니스 같은 걸 좋아했고요. 게임도 좋아해서 닌텐도 1인용 게임을 좋아해요. 〈포켓몬스터〉나 〈역전재판

〉을 재밌게 했고요. 다양한 게임을 즐겨했어요.

제 성격이 원래 외향적인 성격이에요. 사람을 엄청 좋아하고, 사람들에게 인정을 받거나 칭찬을 받는 데서 힘을 얻는 스타일이에요. 전에는 당당하게 의견도 말하고, 하고 싶은 일이면 주저 없이 했어요. 그래서 은둔형 외톨이로 지낸 게 좀 상상이 안 되는 성격이거든요. 그런 성격이었는데 직장 상사한테 좀 크게 데이고, 충격을 받으면서 본래의 성격을 완전히 잃어버렸어요. 실패나 평가에 대한 두려움이 밀려오면서 자신감도 사라지고, 사람 만나는 게 무서워지더라고요. 그래서 정말 누구와도 한 마디도 안 하고, 몇 개월 동안 카톡도 안 하면서 그렇게 혼자 살았어요. 그렇게 살다 보니까 말하는 거를 무서워하고, 말하고 나서 힘들어하는 게 성격이 되어버린 거예요.

최근에 니트컴퍼니 활동을 하고, 다른 사람들도 만나면서 원래 성격을 많이 회복했어요. 지금은 사람 많은 곳에 가고 싶고, 사람이 많이 모이는 행사도 개최하고 싶고, 하고 싶은 프로젝트나 지원하고 싶은 회사가 있으면 적극적으로 하려고 해요. 스스로 뭔가를 하는 찾아서 적극적으로 하는 게 원래 제 성격이에요. 그걸 다 파괴해버린 게 은둔형 외톨이 생활이더라고요. 스스로 조직 부적응자, 겁 많은 사람이라는 생각을 많이 했어요. 그래서 그걸 극복하는 게 되게 힘들었어요.

최근에 서류를 합격했어요. 그래서 몇 주간에도 마음의 변화가 있었어요. 이전만 해도 서류가 아직 통과가 안 됐으니까 되게 무서웠단 말이에요. 근데 나를 원하는 회사가 있다고 생각하니까 자신감이 막 뿜뿜해요. 원래는 회사에서 오래 버티는 게 목표였는데, 이번에 청년도전 프로그램을 하면서 느낀 게 회사는 어떻게든 버티는 게 아니라 내가 진짜 가고 싶은 회사에서 일하면서 능력을 발휘하는 거라고 생각했어요.

일에 몰두해서 나의 커리어를 쌓아가겠다고 생각하니까 그제야 목표와 계획이 생기더라고요. 이전에는 남이 말하는 대로 1년 뒤에는 성공한 커리어우먼이 되고, 10년 뒤에는 부장 급의 역할을 하겠다고 외우 듯 썼단 말이에요. 지금은 1년 뒤에 프로덕트 매니저로서 역량을 갖춘 사람이 되는 게 목표고, 5년 뒤에는 프로젝트를 실제로 지휘할 수 있는 사람이 되는 것이고, 10년 뒤에는 혼자 창업할 수 있는 역량을 갖추고 싶어요. 사회에서 어떤 부분이 필요하다고 생각했을 때 그거를 해결할 수 있는 아이템을 찾아 스스로 창업해서 사람을 모으고, 일을 진행할 수 있는 정도의 역량을 갖춘 사람이 되고 싶어요.

자판 : 가족은 어떤 분들인가요?

오뚝이 : 은둔형 외톨이 전부를 확신할 수 없지만 큰 실패를 경험하거나, 자신감이 떨어졌을 때 그대로 매몰돼버린다는 공통점이 있어요. 이게 성장 배경이랑 굉장히 밀접한 연관이 있을 것 같다고 생각했어요. 작은 실패를 해도 가정에서 위로와 격려를 받은 경험이 축적되어 있는 사람이면 사회에서 어려움을 겪어도 털어내고 다시 일어나기가 수월해요. 그런데 저는 성장할 때부터 완벽해야 한다는 소리를 가정에서 많이 들었어요. 경쟁에서 이기지 못하면 무능하다고 하는 환경에서 자라다 보니까 사회에서 어려움을 겪어서 무너졌을 때 다시 일어나는 힘이 부족했어요. 그랬기 때문에 그 기반을 처음부터 만들어야 해서 어렵더라고요.

아버지의 영향을 많이 받았어요. 아버지께서 자식의 성공을 굉장히 바라는 분이었어요. 사회적으로 출세한 사람이 되기를 바라서 고위 공무원이나 기업가, 한 영역에 최고 유명한 사람이 되기를 바라셨어요. 본인이 할아버지나 원가족의 사랑을 많이 못 받았어요. 그렇게 본인도 사회에서 인정도 많이 못 받고, 성취도 못 했으니까 자식을 성공시켜서 인정 받고 싶은 거예요. 차라리 자식이 잘 되기를 바라는 마음에서 그렇게 성공하라고 했으면 모르겠는데 본인의 허전함을 채우고 싶은 거예요.

그래서 제가 등수가 떨어지거나, 뭔가를 지원했는데 떨어지면 그걸 받아들이지 못하셨어요. 제가 실패했을 때 힘든 감정을 겪고 있다는 건 아예 관심이 없는 거예요. 이건 있을 수 없는 일이고, 네가 노력이 부족했으니 더 노력해서 성공해야 한다고 강요를 많이 받았어요. 그러다 보니까 성공을 해야만 인정받고, 실패를 하면 나락에 떨어진다고 생각했어요. 그래서 실패를 두려워하게 되고, 평가 받는 거를 무서워하게 됐어요. 한 번 큰 충격을 받았을 때 일어나지 못하고, 이제는 아무것도 못 한다고 생각했어요.

그렇게 은둔 생활을 하면서 삽질을 되게 많이 했어요. 사람이 살아가려면 어떤 상황이든 받아들이고 일어날 수 있는 기반이 있어야 하는데 없다 보니까 처음부터 만들어야 해서 굉장한 노력을 들여야 했어요. 상담도 많이 받고, 신경정신과도 다녔어요. 그렇게 살아보니까 느낀 게 가정 말고 안전망을 해주는 데가 없어요. 친구도 안 되고, 기관, 상담 선생님, 정신과 선생님도 그 역할을 해줄 수가 없어요. 가정의 역할을 대체할 수 있는 다른 게 없더라고요. 그래서 가정이라는 게 사람한테 되게 본질적이라 생각해요.

아버지가 사회생활을 잘 못 하세요. 일반적인 회사를 못 다니셨어요. 그래서 아버지도 공부를 잘해야지 살아남는다 생각해요. 지금 생각해 보면 그것도 틀린 거거든요. 제가 겪은 사회는 전혀 다르거든요. 공부와 사회생활은 전혀 상관이 없더라고요. 아버지는 오로지 공부만 잘해야 한다고 하셨고, 인간관계나 사회, 회사 쪽으로는 본인이 잘 모르시다 보니까 그걸 말해줄 수가 없는 거예요. 그래서 공부만 열심히 했어요.

대학교도 장학금으로 다녔고요. 안 그랬으면 못 다녔을 거예요. 그러다 보니까 많이 지쳐서 여유가 없고, 오로지 나 자신에만 매몰돼서 살다 보니까 사회에 나왔을 때 인간관계가 좀 어려웠어요. 지금도 아빠를 가장 사랑해요. 자기 인생 없이 저한테 온 인생을 쏟으신 분이에요. 그래서 가장 가깝고 사랑하는데, 때로는 저한테 무게가 되고 고통을 줬어요. 어머니는 가정주부고, 아버지와 비슷하게 다른 사람들과 어울리는 걸 잘 못하세요. 어떻게 보면 두 분 다 고립 성향이 있어요.

부모님한테 공감 받은 기억이 없어요. 사람의 감정이나 정서에 대해서 이해도가 많이 떨어지시는 분들이었어요. 오로지 밥먹어라, 공부해라, 1등 했냐, 붙었냐 이런 이야기만 묻고요. 1등을 못하거나 시험에 떨어지는 등의 실패를 했을 때는 본인이 굉장히 고통스러워하면서 저에게 왜 성공하지 못 했냐고 다그치셨어요. 부모님께서 저를 미워하신 건 아니에요. 나름대로 잘해주려고 노력은 많이 하셨어요. 근데 사람의 성장 과정에서 필요했던 공감과 정서적 지지를 해준 적은 없어요. 그래서 많이 외롭고 힘들었어요.

집안 형편은 고등학교 때쯤 안 것 같아요. 그때 우리 집이 경제적으로 좀 궁핍하다는 거를 알았어요. 그걸 알고 어떻게든 성공해서 가난을 벗어나야 한다는 의무감과 압박감이 많았어요. 실패할 때 죄책감을 굉장히 많이 느꼈어요. 크게 성공해서 보답해야 하는데 그러지 못한 게 다 내 잘못이라 생각했어요. 근데 그것도 잘못됐다는 걸 알게 되었어요. 정서적 기반이 부족한 걸 스스로 채워야 했고, 스스로 살 수 있는 것만으로도 대단한 거라는 것을 알게 됐어요. 지금은 그렇게 살아가면 충분하다고 생각해요.

자판 : 학창 시절은 어땠나요?

오뚝이 : 초등학교 때 3년 정도 왕따를 경험했어요. 개인이 잘못해서 왕따가 되는 게 아니더라고요. 그냥 운이에요. 운 좋게 마음이 맞는 사람들을 만나면 친구가 되는데, 운 나쁘게 잘못 찍히면 갑자기 왕따가 돼요. 따돌림을 당하면서 모든 게 다 제 잘못이라는 이야기를 들었어요. 따돌림의 기억은 되게 강렬하게 남아요. 나중에는 친구를 많이 사귀면서 극복했으니까 지금은 대수롭지 않게 느끼는데 만약에 친구들을 만나서 좋은 추

억을 갖지 못했으면 자존감에도 안 좋고, 사람들을 무서워하는 기억으로 평생 남았을 것 같아요.

왕따를 당하거나, 집단에 어울리지 못하면 다 자기 잘못이라고 생각을 한단 말이에요. 그런데 그렇지 않아요. 그냥 자기 잘못과 상관없이 누구나 왕따가 될 수 있고, 누구나 적응하지 못할 수 있는 건데 그거를 자기 탓으로 돌려버리면 다음부터 자기가 정말 그런 사람이 되어버리는 거예요. 그러면 벗어나기가 어려워요. 똑같은 사람이 A라는 환경에 있으면 왕따가 되고, B라는 환경에 있으면 인싸가 될 수도 있는 거잖아요. 자기 탓이 아니라고 얘기하고 싶어요.

초등학교 때는 힘들었고, 중학교 때는 적당히 잘 지냈어요. 고등학교 1학년 때 적응을 제대로 못해서 다시 힘들었다가 2, 3학년 때 좀 괜찮아졌어요. 고등학교 때까지 공부밖에 안 했어요. 가장 좋았던 건 대학생 때예요. 마음 맞는 친구들과 같이 활동하고, 프로젝트도 했어요. 그렇게 다양한 활동을 적극적으로 한 것은 대학교 때가 처음이었고, 그때가 제일 재밌었어요.

학창 시절에 그렇게 재미있었던 추억이 많지 않은 것 같아요. 그래서 기억나는 것도 별로 없고, 아쉬워요. 지금 돌아보면 조금 더 다양한 친구들과 어울려서 경험을 했으면 좋았을 텐데 혼자 공부만 했어요. 우리나라 학창 시절이 좀 그렇잖아요. 특히 인문계 고등학교에서 대학으로 가는 경우에는 학생 때 다양한 경험을 하기가 어렵잖아요. 오로지 내신 성적 따고, 수능 공부만 열심히 하니까 인간관계도 좁았고, 다양한 활동을 하지 못했어요.

자판 : 언제 고립감을 느꼈나요?

오뚝이 : 대학을 졸업하고 바로 신림동에 들어갔어요. 거기서 고시 공부를 했어요. 처음에는 5급 공부를 하다 그다음에 7급을 공부했거든요. 한 3, 4년 했어요. 1년에 한 번씩 시험을 보는데 대학 때부터 준비해서 시험을 6번 봤어요. 신림동에서 혼자서 공부하고, 학원을 좀 다니긴 했지만 사람들과 친하게 지내진 않았어요. 그렇게 공부를 3, 4년 하니까 사람이 좀 이상해져요. 사회적인 감각을 많이 상실해요.

공무원 시험에 계속 낙방을 하면서 많이 힘들었어요. 그러다가 스물일곱 살 때 공무원 시험을 접었어요. 그때가 정말 밑바닥이었어요. 처음에 패기를 갖고 집안에 기여해보겠다 했는데 시험도 떨어진 사람이 이 세상에서 뭘 할 수 있겠어요. 사회성도 많이 잃고, 할 줄 아는 거라고는 책 보고 시험 푸는 것밖에 없으니까 회사에서 어떻게 일을 하겠어요. 회사에서 일하기는 커녕 면접도 볼 수 없는 상태였거든요. 구직 준비가 전혀 안 된 상태에서 사회에 내던져지니까 되게 무서웠어요.

그 상태로 어쩌다 회사에 들어갔어요. 그런데 회사에서 어떻게 해야 할지 하나도 모르는 거예요. 회사니까 일을 하겠다는 마음이 있어야 하잖아요. 근데 그냥 출근하라고 하니까 하고, 시키는 일만 하면서 계속 눈치를 봤어요. 회사 상사와 사람들한테 뭐라고 말을 해야 할 지도 몰랐어요. 한번은 상사의 일을 돕고 싶어서 이렇게 하는 건 어떻겠냐고 제안했는데, 상사는 그건 자기 영역을 침범한 것이라 했어요. 그러면서 저보고 건방지다고 하면서 그런 식으로 하면 어느 조직에도 적응할 수 없다고 얘기하는 거예요.

처음에는 내가 성격에 문제가 있는 건가, 조직에 적합하지 않은 사람인가 생각해서 되게 충격을 받았어요. 그렇게 꺾여버리니까 모든 것에 자신이 없어졌어요. 일하는 상황에서 어떻게 대답해야 할지 전혀 모르고, 가벼운 스몰토크도 어려워요. 그냥 하루 종일 눈치만 보는 거예요. 그러고 나서 퇴근하고 집에 오면 기가 다 빨려요.

저도 열심히 하고 싶은데 하루아침에 될 수 있는 게 아니잖아요. 어떻게 해야 할지 모르고, 너무 힘들었어요. 회사는 키워줄 테니 같이 일하자는 분위기가 아니더라고요. 알아서 상사 눈치를 보고, 알아서 일하는 분위기인데 그게 안 되는 저를 이상하게 여기는 거예요. 너는 도저히 안 된다는 말을 들었을 때 너무 충격을 받았어요. 공무원 시험도 실패했고, 회사 생활도 실패했으니 아예 사회생활에 진입하는 걸 실패했다고 생각하면서 자존감이 박살난 거예요. 그 후로 3년간 은둔을 했어요.

은둔하는 동안 겉으로 9급 공무원이나 회계사 자격증 같은 것을 준비한다고 걸어놓았지만 이제는 박살이 난 상태인 거예요. 공부를 할 수도 없고, 회사에 들어가서 일할 수 있는 상태도 아닌 거예요. 그렇게 20대를 보냈어요. 그렇게 아무것도 안 하다가 3년 차쯤부터 세무사 시험을 준비했어요. 세무사 자격증을 따서 개업을 해야겠다고 생각했어요. 회사 생활에 자신이 없어서 프랜차이즈 창업도 생각했거든요. 근데 자본이 없잖아요. 할 줄 아는 게 공부밖에 없으니까 자격증 따서 개업하면 그래도 어떻게 할 수 있지 않을까 생각했어요. 지금 보면 그게 말이 안 되는 생각이거든요. 사회생활을 못하는 사람이 어떻게 개업을 하고, 영업을 하겠어요. 근데 그런 생각을 그냥 밀쳐버린 거죠. 그렇게 취업 준비, 수험 준비라는 간판 뒤에 다시 숨은 거예요.

스물아홉에서 서른둘까지 세무사 공부를 3년 했어요. 공부만 하고, 사람은 안 만나는 여전히 은둔형 외톨이와 다름없는 생활이었어요. 그런데 1차에서 계속 떨어지는 거예요. 이쯤 되면 사람이 지치고 모든 것에 무기력해져서 공부에 집중이 안 돼요. 그냥 혼이 나가버리고, 열정도 다 상실한 상태였어요. 그렇게 작년까지 수험 생활 뒤에 숨어 살다가 세무사 시험을 접었어요. 이제 서른둘에 저한테 남은 게 아무것도 없는 거예요.

그 상태에서 죽이 되든, 밥이 되든 살아야 겠다 해서 학원에 들어가서 보조 선생님으로 일했어요. 일을 하면서 사람들 사이에 있는데 견디지를 못하겠는 거예요. 사람들한테 뭐라고 말해야 할지도 모르겠고, 상사가 뭐라고 하는데 하나도 안 들려요. 좀 센스 있게 빠릿빠릿하게 일을 하라고 하는데 오랫동안 은둔을 하다 보니까 센스는커녕 동료 선생님한테 인사하는 것도 힘든 거예요. 그래서 거의 4개월을 죽은 것처럼 다녔어요. 매일 아침에 울고, 밤에 울면서도 억지로 꾸역꾸역 다녔어요. 그러다가 해고가 됐어요. 해고당하면서 맥아리 없이 일도 못하고, 무슨 인간이 그러냐는 말을 들었어요.

오랜 기간 은둔 생활을 청산하고 밑바닥부터 다시 시작해서 열심히 살아보려고 용기 낸 건데 은둔하던 사람이 일을 잘할 수가 없단 말이에요. 근데 회사에서는 신입이어도 경력 있는 신입을 원하잖아요. 써준 것을 고맙게 생각하고, 열정적으로 일해야 한다고요. 저도 열정적으로 일하고 싶은 마음은 있어요. 근데 그렇게 살아보지 않았으니까 방법을 모르는 거예요. 마음은 가득한데 일할 줄을 모르니까 밖에서 보기에는 일을 할 마음이 없어 보이는 거예요.

작년 겨울에 학원에서 해고를 당하고 나니까 좀 맛이 갔어요. 내 이름도 잊어버리고, 왜 그런지 모르겠는데 횡단보도를 건너다가 중간에 멈춘 적도 있어요. 길 가다가 여기가 어디인지 모르겠는 거예요. 공황이 오더라고요. 막 숨이 막히고 이러다 진짜 사람 미치겠다 싶은 거예요. 그래서 그냥 쉬었어요. 한 몇 개월 쉬다가 그제야 내가 은둔형 외톨이구나 생각했어요.

그전에는 수험생활을 했고, 취준 생활을 했기 때문에 은둔형 외톨이라는 자각이 없었거든요. 뭔가를 계속하고 있다고 생각했죠. 근데 내가 한 게 은둔 생활이고, 고립 생활이었다는 걸 처음 안 거예요. 지금까지 정상적이지 않은 삶을 살아왔고, 그거를 해결해야 겠다는 생각을 못하고 항상 피해 온 거예요. 그래서 당장 어디 취업할 게 아니라, 고립 상태에서 벗어나야겠다고 생각했어요. 나이나 이력 같은 건 잊어버리고, 나를 최우선으로 생각하려고 했어요. 이 상태를 해결하는 방법을 찾는 시간이 필요하겠다 싶어서 니트컴퍼니와 청년도전지원사업에 참여했어요.

자판 : 은둔할 때 어떻게 생활했나요?

오뚝이 : 11시~1시 사이에 일어나서 그냥 눈만 뜬 채로 한두 시간 있어요. 그 후에 배고프니까 일어나서 밥 먹어요. 낮 시간이 별로 즐겁지 않아요. 한 3시쯤 되면 그때부터 드라마를 본다든지, 게임을 하고 싶기는 한데 낮에 그러는 게 죄책감이 느껴지거든요. 뭐를 해야 할 것 같긴 해서 수험서 같은 거 그냥 끼적끼적 보는 거예요. 집중은 하나도 안 돼요.

그렇게 책 펼쳐놓고 공부하는 척하면서 시간 낭비하다가 5~6시가 되면 저녁이잖아요. 그러면 밥 먹고 노는 거예요. 혼자서 드라마 보거나, 애니 보거나, 게임을 해요. 죄책감을 느끼지만 그걸 잊기 위해서 더 몰두하고 그러다가 밤 12시쯤 되면 그때부터 마음이 편해져요. 그러면 그 후에는 계속 혼자 노는 거예요. 독서도 하고, 만화나 웹툰을 보다가 한 3시쯤에 자요.

불면증이 되게 심했어요. 생활 패턴도 엉망이어서 12시에 자려고 누우면 그 상태로 아침 9시까지 꼴딱 새버려요. 그러면 하루 종일 괴로운 거예요. 그래도 차라리 무언가에 몰두해서 놀면 한 3시쯤 졸리더라고요. 그러면 쓰러지듯이 자는 거예요. 그렇게 같은 하루를 반복해요. 정말 아무 의욕도 없고, 나중에 정상적인 회사 생활을 할 수 있겠다는 생각이 하나도 안 들어요.

생각을 시작하면 부정적인 생각을 많이 해요. 이러다 영영 사회 진출을 못하고, 많이 못 벌고 살 거라는 생각이 끝도 없이 밀려와요. 그래서 그런 생각을 안 하려고 드라마나 만화, 영화, 게임에 집착해요. 그렇게 집중하다가 끄면 다시 그런 생각이 밀려와요. 그럼 그걸 또 잊어버리려고 어딘가에 탐닉을 했다가 그것도 지겨워져서 다시 생각이 들면 힘들어했어요. 부정적인 생각과 싸우느라고 힘을 다 써버리니까 사회에 진출하거나 구직 기술을 배울 수 있는 힘이 없어요.

은둔한 상태에서 가족이랑 같이 살 때는 좀 불편했어요. 부모님 보기도 불편하고, 서로 대화하기도 불편해서 제 쪽에서 좀 멀리했어요. 그래도 의식주는 해결되니까 그거는 편해요. 그러다가 이대로는 안 되겠다 싶어서 독립을 했어요. 독립하면 그래도 열정이나 의욕이 생기고, 활동적이게 될 줄 알았는데 바로 그렇지는 않더라고요. 처음에는 불편했던 집에서 벗어났으니까 편해요. 근데 집에 아무도 없으니 조용해요. 독립해서 사니까 요리해 먹고, 월세도 내고, 아르바이트도 하고, 스스로를 챙긴다는 느낌은 있는데 드라마틱하게 삶이 변하진 않았어요. 그럼에도 불구하고 나와서 독립한 지 2년이 되니까 집에 있었을 때보다는 훨씬 많이 회복한 거라고 생각해요. 2년에 걸친 시간 동안 서서히 변해오면서 그게 쌓이니까 지금은 전보다 훨씬 좋아졌다고 느끼는 거예요.

독립하기 전에는 가족과 밥은 계속 같이 먹긴 했는데 갈등이 굉장히 많았어요. 크게 싸운 적도 있고, 고성 내면서 부딪친 적이 많았어요. 평상시에는 문제를 덮어놓고 얘기 안 하다가 한 번씩 언제까지 이럴래라든지 아니면 잘해주려고 한 말인데 제가 예민하게 반응해서 기분 나쁘다 그러면 크게 싸우는 거예요. 과거의 기억을 끄집어내면 아빠는 아빠대로 할 말이 있으니까 뭐라고 해요. 그러고 나면 엄청 냉랭해지고 몇 주 동안 너무 힘들어서 아무것도 못해요. 그렇게 살기를 계속 반복하는 거예요.

집에 처음 나오고 한 6, 7개월 동안 아예 집에 전화를 안 했어요. 주소도 안 알려드리고 내가 혼자 알아서 하겠다고 했어요. 그래도 걱정하시지 않게 원룸 얻어서 산다는 정도만 말했어요. 그러다가 이제 시간이 지나고 나서 잘 지내고 있다고 얘기하고요. 집을 나올 때 스스로의 삶을 살면서 가족과 관계가 다시 회복되길 바랐어요. 집 안에 있을 때는 부모님을 탓하고, 숨어버리고 그랬단 말이에요. 독립을 하면 제 스스로 살아가는 힘이 강해지면서 부모님 탓을 하거나, 부모님께 기대는 것을 다 끊어내기를 바랐거든요. 지금은 그게 많이 이루어졌어요.

독립을 하고 무작정 자취집 근처에 있는 편의점에서 알바를 했어요. 편의점 알바를 몇 달 하다가 학원에서 일하게 되면서 더 오래 하지는 못 했어요. 그래도 이사는 안 가고 지금까지도 계속 그 집에 살고 있어요. 편의점 알바는 좋았어요. 단독으로 근무하는 거라서 대인관계가 어려웠던 제가 사회생활을 시작하기에는 좋은 일자리였어요. 알바를 하면서 자신감이 많이 올랐어요. 고립 생활 하다가 바로 취업해서 회사 다니는 것은 좀 무섭거든요. 9시 출근, 6시 퇴근도 엄두가 안 나요. 그래서 그때 주 이틀 알바를 했어요. 처음에는 그것도 되게 힘들었어요. 그래도 계속 하니까 조금 나아지더라고요. 그러면서 다시 공부도 하고, 취업을 생각하면서 용기 내서 학원을 들어간 건데 그건 잘 안 됐죠. 그래도 집에 있는 것보다는 독립해서 나온 게 더 도움이 됐어요.

근데 이것도 사람마다 좀 다를 수 있어요. 집에서 혼자 고립된 상태로 있다가 독립한다고 해서 갑자기 막 활달해지고 일을 잘하게 되는 건 아니거든요. 똑같아요. 사람은 그대로인데 환경이 더 가혹해진 거예요. 다른 고립청년에게 무조건 집에서 나오라고 하는 건 조금 무책임한 말일 수도 있다고 생각해요. 본인이 스스로 독립을 하겠다는 의지가 있으면 얼른 나오는 게 좋지만, 강제로 나와서 산다고 해서 좋아지는 건 아닌 것 같아요. 저 같은 경우는 어떻게든 스스로 독립해서 살아야겠다는 의지가 있어서 나왔고, 실제로 나와서 산 게 도움이 많이 된 케이스에요.

SNS는 대학교 때와 사회생활 할 때 많이 했어요. 그러다 은둔을 하고 고립된 삶을 살면서 SNS도 자연스럽게 끊어졌어요. SNS에 인증할 게 없잖아요. 올릴 것도 없고, 다른 사람 소식을 보면 힘들기만 하니까 그냥 안 했어요. 인스타그램 할 때가 은둔했을 때여서 끊어버렸기 때문에 연결된 친구들도 없어요. 연결하려면 할 수야 있겠지만 친구들 소식도 안 궁금하고, 알리고 싶은 소식도 없었어요.

블로그도 좀 했었는데 닫았다가 이번에 니트컴퍼니 하면서 처음으로 다시 했어요. 블로그에 글을 올릴 때 불특정 다수한테 게시한다는 게 되게 무서웠어요. 옛날에는 감성 카페 간 걸 당연하게 올렸거든요. 남들이 그걸 보고 어떻게 평가하는지 아예 생각을 안 하거나, 당연히 좋게 볼 거라고 생각했어요. 근데 이번에는 블로그 하나 올렸을 때 악플 달리면 어떡하지 생각하면 무서운 거예요. 원래는 안 그랬었는데 은둔하다가 다시 불특정 다수의 사회와 연결될 때 용기가 필요했어요.

친구들하고도 연락할 때 친구들은 다 직장 다니고, 결혼하고, 아기 낳고 산다는 얘기를 들으면 부럽고 괴로웠어요. 그러고 저에 대해서 물어보니까 그냥 연락을 안 하게 돼요. 친구 얘기도 별로 듣고 싶지도 않고, 할 말도 없어서 그렇게 그냥 자연스럽게 멀어져요. 그래서 가족 외에 다른 사람들과의 교류가 완전히 단절됐어요. 오히려 최근에 친구들이랑 다시 연락을 해요. '요즘 어떻게 지내? 나 요즘에 취업 준비하고 있어. 서류 붙어서 다음 주에 면접 보는데 응원 좀 해 줘.' 그러면 '그랬구나. 잘 됐다. 오랜만에 연락해서 좋다.' 하는 거예요. 저의 삶이 생기니까 단절되었던 관계가 다시 회복이 돼요.

고립감 자체가 힘들었어요. 사람이 연결이 되어 있으면 나를 알아주는 사람도 있고, 내 얘기도 할 수 있어서 활력을 얻는데 말할 수 있는 사람이 하나도 없으면 누구한테 힘들다고 말할 수가 없잖아요. 은둔하면 미래에 대한 희망이 없어요. 당장은 그렇게 힘들지는 않거든요. 혼자 있으니까 건드리는 사람도 없고, 내가 하고 싶은 거만 하면 되니까 당장 하루가 고통스럽진 않아요. 근데 이대로 계속 살면 미래가 없죠. 돈도 떨어질 거고, 커리어 쌓기도 점점 더 어려워질 거고, 평생 이렇게 살 수 없는데 미래에 대한 희망이나 자신감이 없어요. 그렇게 있으니까 뭘 해도 편하거나 즐겁지 않았어요.

은둔을 하면 사건이 없어요. 인생에 그냥 혼자 있는 거고, 혼자 괴로워할 뿐이죠. 오히려 용기를 내서 은둔 생활을 벗어나고 사회생활을 시작할 때 충격을 받아요. 거기서 힘든 일이 생겨요. 그러면 역시 사회생활을 하지 않고 혼자 있는 편이 더 편하다는 게 각인이 되니까 다시 은둔으로 돌아오는 악순환이 되는 거예요. 근데 그렇게 되면 정말로 희망이 없어요. 은둔에서 벗어나서 사회에 들어가려고 할 때 그 힘듦을 견뎌내야 미래가 있는데 그 과정이 너무 힘드니까, 오히려 상처를 더 받으니까 그게 저한테는 최대의 장벽이었어요.

자판 : 고립감을 느끼는 원인이 무엇인가요?

오뚝이 : 처음에는 인간관계라고 생각했는데, 도전하고자 하는 의지의 상실인 것 같아요. 도전하고자 하는 의지나 뭔가 활동하겠다는 마음이 없어져버리면 자연스럽게 고립이 돼요. 제가 관리를 해서 지금의 인간관계가 된 게 아니잖아요. 내면이 무너져 있을 때 인간관계가 끊어졌고, 내면이 다시 살아나니까 인간관계가 다시 연결되거든요. 결국 문제는 제 내면에 있는 거예요. 심지어 가족도 그렇다고 봐요. 가족도 끊는다고 끊어지는 게 아니고, 내가 다시 살아나면 관계가 회복돼요.

열정의 상실이 근본 원인이고, 그걸 다시 살릴 수 있게 해주는 계기가 필요하다고 생각해요. 근데 그게 그렇게 쉽지 않아요. 직접적으로 정신을 차리라고 얘기해버리면 나오려고 하는 마음도 꺾여버린단 말이에요. 그게 맞는 말이고, 필요하긴 한데 그렇게 직접적으로 얘기를 하는 건 도움이 안 돼요. 그래서 이게 쉽지 않은 문제예요. 내면이 피폐해져 있는 상태를 회복하려면 직접적으로 조언하기보다는 내면을 다시 세울 수 있는 환경과 기회를 제공해줘야 해요.

내면에 다시 불이 피워지기 시작했지만 아직도 인간관계에 어려움을 겪어요. 회사로 들어갔을 때 모르는 어른들 사이에서 일하는 환경에 놓이면 어떻게 행동해야 할지 몰라요. 그래서 많이 불안하고 두렵죠. 어떤 상황에서 어떻게 말하고 행동하는 지를 잘 몰라요. 고립된 기간이 오래되어서 실제로 경험이 별로 없고, 자신감이 많이 떨어지기도 했고, 사람 사이에서 말과 행동을 어떻게 해야 할 지 잘 모르겠어요.

이런 거를 어디서 배워야 할지도 잘 모르겠거든요. 그런 상황을 많이 접하라고 하는데 그렇게 접했다가 많이 깨지기도 하고 힘든 경우도 많았어요. 인간관계는 평범한 사람한테도 힘든 거잖아요. 하물며 은둔했거나 고립되어 있던 사람이 인간관계 능력을 회복한다는 게 정말 쉽지 않아요. 자기가 자기를 받아줘야지 버틸 수 있는 것 같아요. 관계를 맺는 것도 힘든데 스스로를 공격해버리면 진짜 답이 없는 거예요. 그렇지 않아도 힘든 게 인간관계예요. 다른 사람을 바꿀 수가 없잖아요. 환경이나 사람을 바꿀 수가 없고, 할 수 있는 건 스스로를 공격하지 않는 거예요.

저도 지금 사람을 만나거나 안 하던 걸 할 때마다 불안과 두려움을 느껴요. 내가 소화할 수 없는 일, 내가 감당할 수 없는 인간관계나 스트레스가 있으면 사람이 꺾이는 것 같아요. 그래서 생각한 게 내가 감당할 수 있는 정도의 스트레스를 유지하는 거였어요. 니트컴퍼니 같은 좀 따뜻한 곳에서 사람들과 만나는 거예요. 이것도 그때는 겨우 감당할 수 있는 정도의 스트레스였거든요. 그걸 감당할 수 있을 만큼 올라왔어요. 그러면 거기에서 조금만 더 올리는 거예요.

그러다 청년도전지원사업에서 구직 기술을 배워서 단계를 올라오는 거예요. 그러고 나면 이제 이력서 써서 몇 군데 넣어요. 넣기만 하고 만약 너무 벅차다고 느끼면 면접은 안 갈 수도 있는 거고요. 그렇게라도 해서 사람이 뭐든지 좀 적극적으로 하면 되지 않을까 해요. 회피형 삶을 살면 그냥 살면 되니까 힘들게 없어요. 근데 적극적으로 활동하고, 사람을 만나려면 반드시 어려움을 마주하게 된단 말이에요. 그 힘든 정도를 사회 기준에 맞추지 말고 지금의 내가 감당할 수 있을 정도만으로 관리해야 살 수 있다고 생각해요. 그렇게 생각했기 때문에 단계적으로 여기까지 올 수 있었던 것 같아요. 지금도 힘들 것 같은 데는 지원 안 해요. 누구처럼 이력서 백 군데 넣는 건 못 해요.

자판 : 고립감을 어떻게 해소하나요?

오뚝이 : 4년째 만난 남자친구가 있어요. 남자친구는 지금 회계사를 준비하고 있고, 본인 사업을 하고 싶어 하는 사람이에요. 대학 때는 동아리 활동을 같이 했던 사람이고, 공무원 시험을 먼저 준비하다가 그만뒀어요. 그래서 대학 다닐 때 공무원 시험에 대한 정보가 없어서 제가 많이 물어보고, 도움도 받으면서 그렇게 친해졌었어요. 그러다 제가 공무원 시험마다 잘 안되고, 힘들어하고 있을 때 오랜만에 연락이 닿았어요. 그래서 한번 만나서 얘기하고, 그다음에 한두 달 뒤에 만나고 하다가 교제를 하기 시작해서 지금까지 오고 있어요.

은둔할 때는 새로운 관계를 맺는 거는 아예 자신이 없었고, 은둔하기 전에 알던 사람을 만나게 되니까 그래도 그렇게 관계가 이어지긴 하더라고요. 남자친구가 큰 도움이 됐어요. 우리는 둘 다 지금 사회에 자리 잡지 못했기 때문에 불안하고 좀 힘든 게 있거든요. 그거에 대한 공감대가 있으니까 혼자 있을 때보다는 훨씬 더 의지가 되고, 도움이 돼요.

데이트는 그렇게 자주 하지는 못해요. 막 불 타오르는 연인관계는 아니고 되게 호흡이 길어요. 평소에는 카톡으로 연락하고, 연락 안 할 때도 많고요. 몇 달에 한 번씩 가끔 만나서 놀아요.

그렇게 지내왔어요. 둘 다 수험생활을 하면 여유가 없어서 자주 만날 만한 형편이 안 돼요. 주말에 만나서 놀아도 괜히 마음이 불편해서 열심히 놀 수 있는 것도 아니거든요. 서로가 같은 상황이니까 이해하고, 그렇게 느슨하게 연결된 게 지금까지 이어져 왔어요.

은둔했을 때는 회피했어요. 고립감이 드니까 그 감정을 안 들게 하기 위해서 다른 거에 탐닉하는 거예요. 고립청년이 사회생활을 할 수 있는 안전한 환경이나 기회가 있으면 좋을 것 같아요. 예를 들면 정부에서 진행하는 일 경험 프로그램 같은 게 대표적인 방안이에요. 그런데 어찌 보면 약간 수박 겉핥기식 해결 방법일 수 있어요. 만약 일 경험을 제공하는 기관에서 진심으로 고립청년을 이해하고 도움을 줄 수 있는 환경이면 큰 도움이 될 텐데, 현실적으로는 그렇지 못한 부분이 있는 것 같아요.

자판 : 고립청년에 관해 어떻게 생각하나요?

오뚝이 : 도와주고 싶은 사람들이에요. 저도 아직 절반은 같은 입장이고, 그 마음을 누구보다 이해하니까 도와주고 싶어요. 보통 고립청년에 대해서 인생 다 포기하고, 아무것도 안 하는 사람이라 생각하는데 아니에요. 한 사람마다 가치를 갖고 있고,

내면으로는 분명히 열정이 있는 사람들인데 그게 당장 겉으로 보이지 않는 거예요. 그런데 사회에서는 고립청년이 의지가 없는 사람으로 보고 있는 것 같아요. 그래서 그 부분에 대한 인식 개선이 많이 필요할 것 같아요.

사회에서도 은둔청년이나 고립청년 하면 제일 먼저 떠오르는 이미지가 방구석에서 밤새 게임하고, 쓰레기가 가득 쌓이고, 막 페인처럼 사는 모습이잖아요. 근데 사실 그런 사람을 찾기가 더 힘들어요. 한국형 은둔형 외톨이들은 겉보기에 멀쩡해 보인단 말이에요. 자기 나름대로는 열심히 노력하고 있고, 잘 살고 싶어 하는데 여러 가지 현실적인 여건으로 인해서 그게 막혀 있는 사람들이에요. 그런 면에서 한국형 고립청년은 엄청 희망적이라고 생각하거든요. 조금만 도와줘도 올라올 수 있는 사람들이라고 생각해요. 회사에 들어가든지, 창업을 하든지, 프리랜서를 하든지 사회에 기여할 수 있는 힘이 많아요.

아는 사람 중에도 일이나 구직 활동을 안 하고 그냥 집에 있는 사람이 많아요. 사촌도 그렇고, 친구의 친구도 그렇고, 친구의 지인도 그렇고 그런 사람들이 가득해요. 집에서 그냥 노는 거예요. 그 사람들이 다 일을 못하고, 되게 심각한 결격이 있는 사람들이 아니거든요. 결혼이랑 비슷한 거죠. 지금 결혼을 잘 안 하잖아요. 근데 그 사람들이 다 결혼을 못하는 사람이어서 안 하는 게 아니잖아요. 여러 현실적인 이유로 결혼을 미루는 거잖아요. 일하는 것도 마찬가지거든요. 얼마든지 일을 잘할 수 있는 사람인데 경쟁에서 지치고, 코로나다 해서 일자리도 없으니까 그냥 쉬고 있는 거예요. 은둔형 외톨이는 우리 주변에 누구나 찾아볼 수 있는 흔한 사람이고, 적절한 도움을 준다면 금방 사회에 복귀할 수 있다고 생각해요.

고립청년을 찾는 것도 큰일이죠. 그런데 찾아서 온 사람들조차도 도로 돌아가는 경우가 많은 것 같아요. 찾아 왔을 때 빨리 스스로 뭔가를 하게끔 하고, 그 활동을 지원해주는 것만으로는 부족하다고 생각할 사람이 많을 것 같아요. 스스로 할 수 있는 의지나 열정을 상실했을 때 작은 성취를 느끼게 해주는 게 동기부여에 좋을 것 같아요. 아이러니하게도 은둔형 외톨이나 불안하거나 우울감이 있는 사람 중에는 마음이 급한 경우가 많아요. 빨리 큰 성취를 이뤄야 하고, 좋은 회사에 들어가서 월급 벌고 살아야 한다고 생각하면서 작은 성취를 하고 있을 시간이 없다고 생각해요.

그래서 뭔가 작은 일을 해냈을 때 그걸 보상하는 게 필요해요. 보상이 꼭 금전적일 필요는 없어요. 사람들의 칭찬일 수도 있고, 인정일 수도 있고요. 그런 경험을 하는 게 필요해요. 노인 일자리 할 때 어르신한테도 엄청 힘든 일 안 시키잖아요. 은둔형 외톨이에게도 그런 일을 하게 했으면 좋겠어요. 노인 일자리 같은 경우는 환경 미화나 경비 일을 하는데 은둔청년들은 좀 더 다른 일도 할 수 있을 것 같거든요. 프로젝트성 활동을 한다든지, 어르신들한테 스마트폰 쓰는 법을 가르쳐드리는 활동을 하면 청년들은 앱 받는 거 정도는 따로 공부해야 하는 게 아니잖아요. 근데 어르신들은 이런 걸 가르쳐드리면 되게 좋아하신단 말이에요.

이런 게 일회성이면 부족하고 장기적으로 할 필요가 있어요. 이제야 은둔형 외톨이가 논의되고 있으니까 은둔청년이나 고립청년처럼 사회생활에 어려움을 겪는 청년한테 맞춤형으로 장기적이고 체계적인 사업이 필요하지 않나 생각해요. 진입 장벽이 낮고 편하게 할 수 있는 것부터 시작해서, 페이가 적거나 일이 거창하지 않아도 괜찮으니까 어딘가에 소속돼서 장기적으로 자신감을 심어줄 수 있거나, 이미 갖고 있는 본인의 재능으로 사회에 기여하고 거기에 대해 보상하는 프로그램을 하는 거죠. 그다음에 이제 뭘 하고 살아야겠다고 했을 때 자연스럽게 구직 기술 강화로 연결되는 1년 이상의 장기 프로그램 같은 게 있었으면 좋겠어요.

한편으로 지금 고립되어 있는 청년들에게 지금 상태 그대로 괜찮다는 말을 해주고 싶어요. 빨리 세상 밖으로 나오라거나 힘내라는 말은 안 하고 싶어요. 지금 처해 있는 상황, 지금 느끼고 있는 감정 그대로 괜찮아요. 그게 큰 결함이 아니고, 누구나 거칠 수 있는 단계예요. 쉼이 필요하면 쉬어야 하고, 기반이 확실치 않다 하면 그 기반을 닦는 시간이 오래 걸릴 수도 있는 거니까 괜찮다고 말하고 싶어요.

자판 : 고립청년은 어떻게 고립감을 해소할 수 있을까요?

오뚝이 : 고립청년한테는 아마 공통점이 있을 거예요. 성장 배경에 어려움이 있다든지, 가정환경에 영향을 받아 내면의 자아가 무너져 있다든지 말이에요. 사실은 그거를 먼저 해결해줘야 일 경험을 통해 사회생활을 할 수 있는 가능성으로 연결될 수 있는데, 그렇지 못한 상태에서 일 경험만 한다고 해서 은둔을 하던 사람이 극적으로 바뀌기가 쉽지 않아요.

고립 중인 청년들이 사회생활을 하기 위한 동기가 꼭 경제적인 요인일 필요가 없어요. 그냥 사람들과 연결될 수 계기가 많았으면 좋겠어요. 근데 느끼기로는 우리 사회는 그게 많지 않은 것 같아요. 다행인 것은 니트생활자나 두더지땅굴 같은 사회적 기업들이 고립청년 문제를 인식하고, 현실적으로 많은 도움을 주고 있어요. 그럼에도 불구하고 아직은 개선할 점이 많아요.

고립청년이 스스로 정보를 찾아보고, 사회로 나가겠다는 생각이 있어야만 그런 사회적 기업의 도움을 이용할 수 있는데, 사실 고립청년은 그러기가 정말 어렵거든요. 그런 의지가 크지 않거나 상실해버린 사람들을 사회에 나올 수 있는 계기를 만들어주는 부분은 아직 좀 부족한 것 같아요.

니트컴퍼니도 자율적으로 업무를 결정하고, 그걸 인증하는 시스템인데 저 같은 경우는 도움을 많이 받았지만 고립청년 중에는 그보다 더 큰 도움이 필요한 사람도 있을 수 있다고 생각해요. 자율적으로 할 업무를 정하기 힘들어하는 고립청년도 있고, 스스로의 루틴을 통해 다시 일어서서 사회생활을 할 용기를 얻으면 다행인데 그것만으로는 부족한 사람도 많이 있는 것 같아서 아직 갈 길이 멀구나 하는 생각도 약간 들어요.

저는 청년도전지원사업으로 도움을 굉장히 많이 받았어요. 그런데 전부 도움을 받진 않아요. 중간에 포기한 사람들도 있고요. 지금 저는 안양에서 하고 있는데 안양에서 하는 게 되게 성공적인 케이스라고 생각해요. 선생님들이 진심으로 잘해주려고 하고, 공감도 많이 해줘요. 자기 탐색부터 시작해서 서서히 의욕을 고취시켜주고, 그 후 구체적인 구직 기술 강화 교육으로 이어지면서 구직단념청년의 눈높이에 맞게 노력해주신다는 느낌을 많이 받아요.

그런데 듣기로는 모든 지역이 이런 건 아니라고 들었어요. 구직을 단념해서 아예 의지가 없는 상태인데 이력서 쓰는 법이나 면접 보는 기술을 가르쳐주고, 빨리 취업하라는 식으로 할 경우 저항감을 느끼거나 도움이 되지 않는다고 느낀 청년도 상당수 있는 것 같아요. 고립청년을 돕는 어떤 분도 자신이 아는 사람 중에 청년도전지원사업으로 도움을 많이 받았다고 말한 사람이 제가 처음이래요. 그러니까 이 프로그램이 구직단념청년의 눈높이에서 정서적으로 공감해주고, 서서히 끌어주는 부분에서는 다소 어려움을 겪고 있어요.

정부 프로그램은 청년들의 마음을 위로하기 보다는 어떻게든 사회에서 일하게 만들려는 느낌이 강해요. 근데 모든 구직단념청년이 그런 게 필요한 게 아닐 수도 있어요. 어떤 사람은 예술가가 되고 싶어 하고, 어떤 사람은 프리랜서가 되고 싶어 하는데 그냥 일괄적으로 이력서, 면접 특강을 해버리면 맞지 않는 사람도 많아요.

은둔형 외톨이한테는 가장 기반이 되는 게 정서적인 공감이에요. 그게 부족해서 스스로 마음의 문을 닫은 경우가 많아요. 그렇기 때문에 정서적 지지를 하면서 이 사람의 상황에 맞게 앞으로 경제활동이나 사회활동을 할 수 있게끔 구체적인 도움을 주는 로드맵을 제시해 주는 게 필요해요. 그런데 그런 프로그램이 거의 없다시피 해요. 청년층이 이슈가 된 것도 최근이잖아요. 이제 시작한 단계인데 좀 더 따뜻하면서도, 체계적으로 만들어서 청년이 일어서는 계기가 되는 프로그램이 필요하다고 생각해요. 아직 초창기 단계라서 여러 부분이 미비한 것 같아요. 아직까지는 개인의 의지로 동력을 삼지 않으면 일어나기가 어려운 상황이 아닌가 생각해요.

무명,
정말 지독하게
가난했어요

자판 : 무명님은 어떤 분인가요?

무명 : 별명으로 무명으로 할까, 익명으로 할까 했는데 없을 무(無)가 더 좋아서 무명으로 했어요. 제 성향이 채워져 있는 것보다 비어져 있는 걸 좋아하거든요. 좀 어려운 생활을 하다 보니까 항상 머릿속에 스트레스도, 고민도 뭐든 꽉 차있어요. 그래서 제가 뭘 사는 건 별로 안 좋아하고, 버리는 걸 좋아해요. 요즘 말로 미니멀리즘이라고 하는데 트렌드와는 좀 별개의 성향이죠. 일중독 성향이 있어요. 항상 머릿속에 내일이나 다음 주의 스케줄이 있어요. 일을 하나 끝내도 다음 일을 생각해요. 이게 젊었을 때는 괜찮은데 언제부터인가 나이가 드니까 체력이 힘들어서 항상 머리를 비우고 싶어 해요.

물건 비우기를 좋아해서 저한테 당장 필요한 것만 있어야 해요. 사람들은 필요 없어도 보통 나중을 위해 쟁여 놓는 경우도 있잖아요. 그런 거를 굉장히 싫어해요. 어제도 회사에서 받은 노트북 가방 두 개를 버렸어요. 갖고 있은 지 한 1년 정도 된 것 같아요. 제가 노트북을 들고 다니니까 처음에 좀 갖고 있었다가 요새는 백팩을 사용하기 때문에 당장 필요가 없었어요. 그래서 버렸어요. 협력사에 방문하면 종이가방에 기념품을 넣어 주잖아요. 포스트잇 같은 게 많아요. 그런 것들을 받으면 조금이라도 쌓이는 게 싫어서 다 버려요. 여자친구도 그런 성향이 있는데 자기보다 그런 성향이 더 강하다고 해요. 저는 작은 거라도 당장 필요 없으면 다 없애버려요.

머리를 비우기 위해 취미에 몰입해요. 진부할 수 있는데 최근에 중요성을 더 실감해요. 요즘 배우는 재미를 좀 느꼈어요. 예전에는 무기력하게 누워있기만 하거나 유튜브만 보거나 했어요. 그러다 배우는 걸 좋아하는 여자친구가 저한테도 노는 시간에 뭘 좀 배워보라고 하는 거예요. 예전에는 피아노를 3년간 배웠고요. 화물차 공부도 했어요. 제가 하는 일이 물류 쪽이기도 하고, 기사님들이 전문가니까 화물차 부품 관련된 전문 용어를 쓰는데 제가 못 알아듣잖아요. 그래서 문득 한번 공부해볼까 해서 했는데 그것대로 알아가는 재미가 있더라고요. 독서도 하고요. 한 달에 한 권은 읽으려고 하고요. 원래 수영도 배우려고 했는데 코로나가 터져서 못 배웠고요.

요새는 패션도 배워요. 배운다기보다는 즐기기 시작했어요. 원래는 면도도 잘 안 했어요. 패션이라는 게 옷만이 아니라 자기관리도 하는 거잖아요. 씻기는 자주 씻었지만 꾸미거나, 머리를 하거나, 옷을 살 생각은 하지 않았어요. 이렇게 얘기하면 안 좋게 들릴 수도 있는데, 두 달 전에 회사에 신입 직원이 들어왔는데 사람이 너무 후줄근했어요. 그래도 기본이라는 게 있잖아요. 저도 출근할 때는 셔츠나 카라티를 입지, 라운드티는 절대 안 입거든요. 바지도 단정한 면바지를 입고요. 그런데 신입직원은 머리도 제대로 안 하고, 옷도 너무 후줄근한 거예요. 나도 되게 신경 안 쓰는데 남들이 나를 이렇게 봤을 수도 있겠다 싶은 거예요. 사람의 겉모습으로 이미지가 정해지고, 그 사람을 규정 짓는다는 걸 느껴서 그때부터 관심을 갖기 시작했어요.

여자친구가 쇼핑을 좋아해요. 그래서 처음부터 옷을 사 입었으면 좋겠다는 얘기를 많이 했거든요. 저한테 링크 많이 보냈어요. 블로그나 할인 이벤트 페이지를 보내면서 이런 게 어울리겠다고 하면서요. 제가 딱 맞는 옷이 잘 어울린다고 했어요. 정핏이라고 하죠. 테이퍼드의 뜻도 몰랐는데 이제 알아요. 바지도 두 달 사이에 벌써 세 벌 샀고요. 원래 바지 하나 사면 4~5년은 입었거든요. 군대에서 신던 양말은 10년 됐는데 신었었고요. 그토록 신경을 안 썼거든요. 지금은 싹 다 버렸어요. 다운 펌도 하고, 심지어 향수도 쓰기 시작했어요.

예전에는 제 모습이 후줄근하다는 거를 저도 알았던 것 같아요. 그래서 사람들이 같이 모여 있을 때 보통 얘기를 잘 안 하고 뒤에서 지켜보던 게 있었어요. 대신에 상대를 맞춰주는 편이었죠. 지금은 앞으로 좀 나설 수 있어요. 이야기도 주도하고, 의견 제시도 해요. 물론 이제 직급이 과장인 것도 있지만 외형이 갖쳐지니까 리더십이 생긴 것 같아요.

현재는 물류 관련 일을 하고 있어요. 물류업체에서 요즘 말로 새벽 배송 같은 일을 담당하고 있어요. 이 일을 벤더라고 표현해요. 거기서 수송하는 기사님을 관리해요. 아무래도 위치가 과장이다 보니까 팀원 관리도 하고 있고요.

예전에는 작은 세무서에서 보조 역할을 했었어요. 대학을 경영학과 나왔는데 학교에서 세무 회계를 중점적으로 가르쳤어요. 그때 교수님이 소개해준 사무소에서 일을 했어요. 계약직으로 1년 했고요. 그러면서 CP 공부를 했었어요. 지금은 모르겠는데 그때 당시만 해도 CP는 시험이 어려운 대신 통과만 하면 감사를 할 수 있어서 아무도 못 건드렸어요.

그 후 군대에 갔다가 전역을 하고 CJ에 입사했어요. 그때 처음으로 물류 일을 했어요. 입사 전에 집하장에서 상하차 아르바이트를 했었는데 같이 일하던 사람 중에 CJ에서 일하는 이사님의 와이프분이 있었어요. 그냥 돈 많아 보이는 아주머니 정도로만 생각했거든요. 그런데 그 분이 저를 좋게 보시고 회사에 추천해줬어요. 조금 망설였는데 그래도 서류를 넣으라고 해서 면접을 봤어요.

솔직히 제가 될 정도는 아니었어요. 대학도 그렇게 좋은 대학 나온 것도 아니고, 경력이 있는 것도 아니었거든요. 사실상 낙하산이었어요. 저는 특채에 해당해서 공채들은 좋아하지 않았어요. 자기네들은 밑바닥에서 어려운 시험을 보고 들어왔는데, 저는 인맥으로 들어온 거니까요. 초반에는 사람들이 인정도 안 했고, 인정받기 위해 진짜 열심히 했어요. 야근도 밥 먹듯이 했고 일도 엄청 많이 했어요. 주말도 없이 일을 했으니까요. 프로젝트 하면 무조건 한다고 그랬어요. 그렇게 하다 보니 안 돌아다닌 지역이 없어요.

자판 : 가족은 어떤 분들인가요?

무명 : 할아버지는 순천의 유명한 서예가였어요. 신문에서 인터뷰한 기사의 스크랩이 여러 건 있을 정도였어요. 할아버지, 할머니는 나이가 많으셔서 지금 두 분 다 돌아가셨는데 참 사랑이 많았어요. 유독 우리 가족을 예뻐했어요. 다른 친척들이 차별을 느낄 정도로 심하긴 했어요. 항상 우리 걱정을 했어요. 우리가 굶을까봐 쌀도 보내주시고요. 나이가 많으셔서 계좌이체를 하실 줄 모르니까 택배로 쌀이랑 같이 봉투에 돈을 넣어서 보내주시고 했고요. 그렇게 차별하니까 다른 친척들이 질투하고, 미움도 좀 받았어요. 아빠한테는 뭐라 못하니까 엄마한테 질투를 했어요.

아빠는 군대를 전역하고 나서 20대 중반에 전라도 쪽에서 사업을 하셨어요. 제품 판매 일이었는데 지금으로 생각하면 하이마트 같은 전자제품 매장을 차린 거죠. 그게 대박이 났었다 하더라고요. 당시에 매장이 3층까지 있었으니까요. 그러다 정리하시고 서울에 올라와서 부동산을 했어요. 처음에는 양재동 쪽에서 해서 잘 됐어요. 그래서 어린 시절에 되게 풍족했어요. 당시 역삼에 있는 40여 평의 새 아파트에서 살았으니까요.

돈이 얼마나 중요한지도 몰랐어요. 그때는 너무 어리기도 했지만 가난에 대한 이해도가 아예 없었어요. 어느 정도였냐면 TV에 가난한 사람이 판자촌에 사는 모습이 나오면 왜 저러고 살지, 아파트 살면 되는 거 아닌가. 왜 고기를 안 먹고 저런 음식을 먹지 그랬거든요. 중학생도 어린 나이가 아닌데 말이에요. 만 원은 돈도 아니었어요. 친구들이 사달라면 다 사줄 정도로 풍족했어요. 별명이 집에 석유난 아들이라고 그랬으니까요. 집에 친구들이 놀러오면 많이 놀라기도 하고요. 잘 사는 집 아들로 좀 유명했어요.

친척들이 돈을 빌려달라고 많이 도움을 청하기도 했어요. 지금 사촌 형이 정부 밑에서 일하고 있는데 우리가 도와주지 않았으면 거기까지 못 갔어요. 그때는 사촌 집안이 힘드니까 아빠가 집부터 해서 먹을 거, 입을 거, 학비를 다 지원해줬어요. 그래서 그 형이 지금도 우리한테 엄청 고마워해요. 덕분에 우리가 힘들 때 반대로 도움을 받았어요.

그러다가 아빠가 사업을 한 게 있어요. 저도 부동산 일은 잘 몰라서 정확히는 모르겠어요. 거기에 돈을 좀 끌어다 썼는데 노무현 정권 때 부동산 잡는다고 법으로 뭘 막아놨나 봐요. 그것 때문에 투자한 게 다 어그러졌다고 하더라고요. 아직도 어음이 있어요. 그게 잘 됐으면 돈을 더 많이 벌었을 텐데 그게 안 되니까 그때 집 팔고, 차 팔고 완전히 다 날렸죠. 그때 작은아버지가 도와줘서 조그만 단칸방으로 이사 왔죠. 자세히 물어볼 수 없어서 제가 아는 건 거기까지예요. 아직도 빚이 남아서 은행으로 나가는 게 있어요.

그게 아빠한테 충격이 좀 컸었나 봐요. 그 후로 아빠는 방에만 있어요. 엄마가 좀 나가서 걷자고 하거나 아니면 장보러 가자고 하면 그때만 나가지 아무것도 안 해요. 전 아빠에 대한 기대치가 되게 높은 편이고, 우리집이 어렵기 때문에 분명히 무언가를 할 거라 생각했어요. 20대 후반까지도 그런 기대를 했죠. 그런데 어느 날 엄마가 얘기했어요. 엄마가 아픈데 아빠가 아무것도 하지 않아 힘들었다고요. 그게 충격이었어요. 통장에 10만 원 밖에 없는데 그걸로 세브란스 병원에 입원했대요. 그때 저는 군대에 있어서 전혀 몰랐어요. 전역하고 나서 한참 뒤에 그 사실을 들었어요.

　엄마도 아픈 몸을 이끌면서 돈 벌어, 둘째도 어쩔 수 없이 돈 때문에 직업군인을 하고 있어요. 막내조차도 지금 돈 벌러 다니고 있어요. 저도 그렇고요. 집안을 살리려고, 빚을 갚으려고 다들 무언가를 하는데 정작 본인만 현실을 회피하고 정말 무책임하게 있어요. 그 이야기를 들은 순간 갖고 있던 기대감이 한 번에 와르르 무너졌어요. 돌이킬 수 없을 정도로 실망했어요. 그 후로 별로 사이가 안 좋아요. 대화를 안 한 지 오래됐어요. 한 5~6년 된 것 같아요. 지금도 같은 집에서 지내지만 아는 체를 안 해요.

　외가는 서울 신당동 쪽에 있어요. 외할아버지는 엄마가 초등학생 때 돌아가셔가지고 기억이 아예 없다고 해요. 외할머니 혼자 사세요. 친가는 분위기가 좀 무거운데 외가는 좀 밝아요. 나이도 젊은 편이고요. 사촌 동생들도 다 나이가 어려요. 어머니는 약하면서도 강한 사람이에요. 우리가 다칠까, 밥 못 먹을까 항상 걱정이 많아요. 막내 삼촌이 엄마가 너무 노심초사하고, 애들을 끌어안고 산다고 얘기를 할 정도였어요. 근데 위기의 순간에는 되게 강해요. 오히려 사람이 차분해져요. 아빠는 겉보기에는 강해 보이지만 오히려 약한 사람이에요. 위기의 순간이 왔을 때 아빠는 도망치고 외면했다면, 엄마는 부딪치고 맞서 싸웠어요. 사람의 진면목은 위기의 순간에 나타난다는 것을 그때 배웠어요. 그래서 정면돌파 하는 걸 좋아해요. 그 모습을 엄마에게서 배웠어요.

부모님은 15살 차이인데 맞선으로 만났어요. 아빠는 서른다섯이고 그때 엄마는 스무 살이었어요. 아직도 기억이 남는 게 옛날에 참관 수업이 있잖아요. 친구 엄마들은 다 너무 늙어 보였어요. 내가 열 살이면 엄마는 서른이에요. 저랑은 스무 살밖에 차이가 안 나니까요. 엄마가 그때 당시에 잘 살았으니까 엄청 꾸미고 다녔어요. 그래서 어디 가면 누나 아니냐는 얘기를 많이 들었어요.

지금은 몸이 안 좋은데 우리한테 미안하다고 짧게 청소 일을 하세요. 하지 말라고 해도 가계에 보태시려고 그렇게 하세요. 엄마는 자궁경부암에 걸렸었어요. 지금은 어느 정도 나아졌지만 암이 좀 퍼진 상태여서 완치가 없고 꾸준히 치료를 받아야 하는 상태예요. 게다가 교통사고까지 나서 다리를 심하게 다쳐서 지금도 다리를 좀 절고 잘 못 걸으셔요.

군대에 있었을 때 아프다는 소식을 들었어요. 지금도 기억해요. 그때가 2013년 12월 혹한기 훈련을 갈 때였어요. 훈련 전에 초소를 정비하는 작업을 하고 있었는데 소대장이 갑자기 뛰어오는 거예요. 저더러 당장 오라고 하면서 잠깐 얘기하자고 해서 뭐지 싶었어요. 전화가 왔는데 어머니가 많이 아프시다고 전해 주신 거예요. 그때 소대장 핸드폰으로 전화했어요. 원래는 소대장이 저를 당장 휴가 보내려고 했는데 엄마가 와봤자 의미가 있냐 해서 안 가고 곧장 혹한기 훈련을 갔어요.

그때 제정신이 아니다 보니까 선임이랑 싸웠어요. 그 선임이 저한테 뭘 시켰는데 제대로 안 했어요. 제대로 안 했다기보다는 좀 과하게 했어요. 판단이 잘 안 되니까 그냥 몸이 가는대로 했는데 거기서 좀 욕을 먹어서 되게 화가 났어요. 선임이 저보다 키가 작으니까 제가 위에서 노려봤어요. 그때는 화가 너무 나서 진짜 주변에 사람이 없었으면 주먹부터 날아갔을 것 같아요.

이제는 저도 돈을 벌기 시작하고, 엄마 병도 많이 회복됐고, 둘째와 막내도 어느 정도 자리를 잡았어요. 셋째가 개발자 일을 시작하면서 상황이 훨씬 나아졌어요. 원래 셋째는 기자를 하려고 했어요. 워낙 활발하기도 해서 전 서울시장을 직접 인터뷰하기도 했어요. 유명한 사람을 많이 만나고 다녔어요. 그러다가 친구 소개로 개발자 일을 하게 된 건데 잘 모르겠어요. 본인은 재미있어서 개발자를 하고 있다는데 돈 때문에 하는 것일 수도 있겠구나 싶거든요. 최근에 알았는데 지금도 버는 돈을 족족 엄마에게 준다고 해요.

가족을 생각하면 대물림이란 단어가 떠올라요. 요새는 유리천장이라는 단어를 쓰잖아요. 유리천장에 대한 사회적 의미가 제가 생각하는 의미와 다르기는 한데 비슷한 느낌이에요. 극복하고 싶어도 그럴 수 없다는 의미에서요. 전 늘 돈이 없었어요. 풍족한 적도 있었지만 돈이 없던 시기가 더 길었어요. 사실 지긋지긋해요. 우리는 언제 나아질까 그런 생각도 많이 했고요. 나중에 부모님이 돌아가시면 후회 할 것 같아요. 그냥 같은 공간에 있기만 했지 다른 가족처럼 어디 놀러가 보지도 못하고, 뭘 하면서 추억을 쌓거나, 서로 축하해주거나 위로해주는 기억이 있을 텐데 저는 그런 기억이 없었어요. 그저 가난으로 점철돼 있어요. 문득 나중에 참 후회하겠다 싶은 생각이 들더라고요.

그럼 그 후회를 하지 않기 위해서 무언가를 해야 하는데 그럴 동력이 없어요. 그러기에는 너무 실망했어요. 유리천장이라는 게 물질적인 의미도 있지만 정신적인 것도 있어요. 극복을 못할 것 같아요. 제가 지은 결론은 그래요. 삶이라는 게 경제적인 부분이 크고, 극복이 안 되겠다 싶어요. 방법을 모르겠어요. 너무 멀리 와버린 것 같기도 해서 그게 후회로 이어질 것 같아요. 그때가 오면 슬플 것 같아요. 벌써부터 평생 후회를 안고 살아가겠구나 생각해요.

그래서 대물림된다는 거예요. 벗어나지 못할 것 같은 가난을 대물림한다고 하잖아요. 내 삶이 드라마틱하게 변화가 없을 것 같아요. 저는 정말 열심히 살아요. 그거는 스스로 자신할 수 있는데 어느 순간 이렇게 해도 벗어나지 못하는구나 생각했어요. 내 생활이 크게 바뀔 것 같진 않아요. 이게 사회적인 문제라 할 수도 있어요. 근데 지적만 하고 변화로 이어지지 않고, 삶은 이어지니까 그걸로 끝나잖아요. 거기에 대해서 크게 의미를 못 느끼고 있어요. 내가 떠든다 해서 세상이 바뀔 것 같지 않아요.

아빠를 보면서 사람의 위치가 중요하다고 느꼈어요. 내 위치가 밑바닥이면 어떤 주장을 아무리 해도 사람들이 받아들이질 않아요. 위치가 높아질수록 똑같은 말을 해도 힘이 달라요. 그게 중요하더라고요. 늘 올라가고 싶은 마음이 있어서 그렇게 노력을 많이 했는데 지금은 혼란스러워요. 내가 한 노력이 노력이 아닌 건가 싶기도 하고, 애초에 내 능력의 한계인가 싶다가도, 환경 탓인가 싶기도 해요. 그래도 올라가고 싶은 마음이 지금도 있어요. 벗어나고 싶으니까요.

이렇게 일만 하는 생활로부터 벗어나고 싶어요. 집이 있었으면 좋겠고요. 지난주 화요일에 야근을 했는데 막차를 놓쳐서 삼성역에서 내렸거든요. 그때가 새벽 1시였어요. 삼성역부터 역삼역까지 걸어가는데 한 30분 정도 걸려요. 바람도 불어서 택시를 탈까 하다가 그냥 운동 겸 걸어갔어요. 저는 아파트 보는 거를 좋아해요. 남들은 뭐 허세다, 고리타분하고 딱딱하다 하는데 저한테 부러움의 대상이고 저 안에 행복이 있을 것 같아요. 막상 들어가면 똑같겠지만 그런 로망이 있어요.

집 자체보다는 집에서 오는 안정을 원하는 것 같아요. 안정감, 평안함을 목표라고 할 수 있을지는 모르겠지만 그걸 이루고 싶은 목표는 있어요. 돈만 생각하면 수도권을 갈 수도 있지만 저는 서울이 삶의 터전이거든요. 이사를 가면 삶의 터전을 아예 바꿔버리는 거죠. 그래서 거기에 대한 두려움도 있어요. 아무래도 이 동네가 좀 좋다 보니까요. 이렇게 얘기하면 저급해보일 수도 있는데 외곽으로 나가서 살기는 생활 습관이 배어 있어서 쉽지는 않은 것 같아요.

낙후된 환경에는 그런 사람들만 모인다고 하잖아요. 엮이고 싶지는 않더라고요. 그렇게 되면 제가 거기에 머무르게 될까 봐요. 물론 잘산다고 해서 괜찮은 사람만 있는 건 아니에요. 저도 높은 사람 만나보고 그랬고요. 이사라고 해서 다 똑똑하진 않더라고요. 하지만 개연적으로는 그 수준이 확실히 달라요. 자꾸 수준 얘기하면 좀 그런데, 수준 낮은 곳에는 수준 낮은 사람만 모이게 되는 것 같아요. 그래서 사람들이 올라가려는 건가 싶기도 해요.

남들은 저를 어떻게 볼지 모르겠지만 상식이 통하는 사람이라고 생각해요. 사회성도 있고요. 일하면서 별별 사람을 다 만나봤어요. 물류 일도 파트가 많아요. 본사와 하청이 있고, 현장직과 사무직이 있고요. 직급도 다양하고요. 국가에서 관여하는 것도 있고, 많은 업체가 있고, 많은 사람이 필요한 일이에요. 사업 규모가 워낙 크다 보니까 이해관계가 정말 많아요. 그런데 낮은 환경에는 낮은 사람밖에 없어요. 어떻게 저렇게 생각할까 싶은 사람도 많고요. 이게 편견이고, 고정관념일 수도 있는데 제 경험은 그래요. 저도 세계가 좁아서요. 의식적으로 제가 수준이 낮은 사람이 안 되려 하는 것도 있어요. 사람 일이라는 게 딱딱 떨어지지는 않잖아요. 그래서 복합적이라는 생각도 드는데 나를 나쁘게 하는 환경은 피하자는 생각이에요.

어렸을 때는 공정이 있다고 생각했어요. 그렇지만 그런 추상적인 단어를 규정짓기가 어려운 것 같아요. 그 기준을 누가 정하는 지도 모르겠고, 사람의 삶이라는 게 너무 복합적이라서요. 일반적으로 말하는 공정은 어떤 기준을 하나의 기준 아래에 두는 건데 그건 불가능하다고 봐요. 입시비리와 채용비리 같은 문제도 계속 반복 될 거예요. 그건 사람의 욕망이기 때문에 사람이 존재하는 한 그런 비리는 절대 안 없어지고 앞으로도 생길 거라고 생각해요.

그게 공정하지는 않죠. 위에 있는 사람이 힘으로 찍어 누르는 거니까요. 저도 밑에 있는 입장이고, 그런 입장에서는 너무 불공정해요. 비리를 옹호하는 건 아닌데 저 같아도 그렇게 했을 것 같아요. 그런 위치에, 그런 경제력이 있다면 방법이 보이거든요. 사람이 만든 제도에는 항상 허점이 보여서 쉽게 올릴 수 있다고 생각해요. 당연히 좀 더 나아질 수 있게 노력은 해야 하지만 백 퍼센트 방지는 안 될 것 같아요. 예전에 읽은 책에서 로마 시대에도 그런 문제가 있었더라고요. 사회 문제가 똑같더라고요. 부동산이나 비리 문제 같은 거요.

옛날에는 이런 문제가 중요했는데 지금은 반반인 것 같아요. 물론 문제의식은 갖고 있긴 해야 하는데 이건 내가 어떻게 해결할 수 없는 게 현실인 것 같아요. 먹고사는 문제도 걸려 있어서 남들이 볼 때는 비겁하다 할 수 있는데 그 현실을 인정해야 한다고 생각해요. 빈부격차도 마찬가지고, 어쩌면 현실인 거죠. 스트레스 받기 싫어서 인정한 것도 있어요. 그저 스트레스만 받는다고 해서 해결이 되지는 않더라고요. 매번 대통령이 바뀌면 나아진다 했는데 제 삶은 한 번도 안 바뀌었어요.

자판 : 학창 시절은 어땠나요?

무명 : 되게 조용했어요. 지금은 많이 밝아졌어요. 소수의 사

람과 친했고 부끄러움이 많았어요. 그때는 왜 부끄러웠을까 싶기도 하지만, 사람을 대하는 것 자체가 어려웠어요. 자신감도 많이 없었고, 사회성이 많이 떨어졌어요. 인간관계 맺는 법을 잘 몰랐어요. 격이 다르다 생각했던 것 같아요. 중학생 이후에 집안이 어려워졌는데 제가 사는 곳이 강남이다 보니까 더 위축됐어요. 중학생 전에도 그렇게 말이 많은 학생은 아니었지만 그래도 학교생활은 나쁘지 않았는데 그게 결정적인 계기였어요.

잘 사는 집이 너무 많았어요. 집도 으리으리하고, 차도 좋은 거 타고, 방학 때는 미국 가 있고, 학원도 한 달에 몇 백만 원씩 쓴다고 하는데 저는 학원도 못 다닐 정도였어요. 너무 높아 보여서 질투도 안 났고, 그저 내가 섞일 수 없다고 생각해서 하루 종일 말을 안 하는 날도 있었어요. 왕따를 당하기에는 제가 좀 체격이 좀 있어서 쉽게 건드리지는 못했어요. 고1 때는 반에서도 가장 컸어요. 제가 완전 큰 키는 아닌데 우연히도 반 애들이 저보다 키가 작았어요. 덩치도 그렇게 작지가 않아서 애들도 건들지는 못 했어요.

언젠가는 화난 것도 아니었는데 어떤 친구가 저한테 사과를 한 적도 있어요. 낮에 저한테 장난을 좀 쳤는데 그때 좋게 넘어갔거든요. 근데 그 장난에 내가 기분 나빠한다고 생각했나 봐요. 제 눈이 날카롭게 올라가 있으니까 그런 것도 있었어요. 친구들이 저를 어려워했어요. 워낙 말도 없고 표정이 화난 것처럼 생겼으니까요.

중고등학생 때 역삼에 살기는 했는데 정말 허름한 아파트에 살았어요. 돈이 없는데 집값은 오르니까 어쩔 수 없이 싼 데를 찾아 이사를 계속 다녔어요. 지금도 역삼에 살아요. 작은아버지가 많이 도와주셨어요. 예전에는 역삼1동이었고, 지금은 역삼2동에 살아요. 모르는 분들은 역삼이면 다 같은 역삼이라고 생각할 텐데, 역삼동 중에서도 역삼2동이 조금 더 저렴한 동네에요. 역삼1동은 아파트로 잘 돼 있는데 2동은 빌라촌에 외져 있어요. 살기가 그렇게 좋지 않아요. 거기서 거의 20년 가까이 살고 있고요.

위기가 무조건 위기가 아닐 때도 있더라고요. 어려움 속에서도 참 즐거움이 있었어요. 학창 시절에서 통틀어 고3 때가 가장 즐거웠어요. 그때 인간관계가 좋았고, 사람을 통해 위안을 받았어요. 좋은 선생님도 만나고, 좋은 친구들도 참 많이 만났어요. 급식비와 야자비를 못 냈어요. 그때는 야자도 돈을 내야 했어요. 아무래도 사립이기도 하고, 강남에 있는 학교였으니까요. 집안 사정이 너무 어렵다 보니까 돈을 내기가 어려운 거예요. 그런데 그걸 선생님이 해결해줬어요. 지금도 어떻게 해결해 주신지 모르겠어요. 어디서 지원받은 건지, 본인 사비로 지원한 건지는 몰라요. 아무런 티를 안 내셨어요. 지원을 해줬다는 것도 다른 선생님을 통해서 들었어요.

학교가 남녀공학이지만 고3이다보니 남자 반, 여자 반 분리해서 남자들만 있었어요. 같이 공부를 해야 하니까 서로 도움을 주고받았어요. 반에 40명 정도 있었는데 친구들끼리 다 친했어요. 거의 40명 가까이 정도였는데 한 팀처럼 움직였어요. 우르르 몰려가서 축구도 같이 하고, 양재천에서 볼링도 치고요. 아마 두 번 다시는 하지 못할 경험 같아요. 정신적 교류도 많이 했고요. 사소한 거라도 도와주려고 했고요. 공부하는 것 빼고는 다 재밌었어요.

돌이키면 친구들이 제가 어렵다는 것을 알았는데 별로 티를 안 냈던 것 같아요. 저는 만 원도 없어서 문제집 사기도 어려웠는데 친구가 갑자기 가지라며 툭 던지고 갔어요. 먹을 거 살 돈도 없을 때 빵을 나눠주고는 했어요. 그때 성격이 많이 바뀌었어요. 그 전에는 부끄럼도 많이 타고, 자신감도 없고, 스스로 수준이 낮다고 생각했어요. 그런 생각을 지우면서 사람을 대하는 자신감이 생겼어요. 수업 때 발표를 하잖아요. 친구가 제 발표를 보더니 발표할 때 유일하게 안 떤 사람이 저라고 했어요. 발표를 하면 괜히 긴장되고 그러잖아요. 그런데 유일하게 네가 안 떨더라 한 거죠. 근데 정말 안 떨었거든요. 지금도 많은 사람 앞에서 말하는 게 그렇게 떨리지 않아요.

지금은 친구들과 연락을 잘 하지는 않아요. 외국에 있는 친구도 있고, 결혼도 했고요. 결정적 계기는 저 자신이었어요. 제가 친구들을 좀 멀리했어요. 경제적인 수준을 쫓아가기 힘들었어요. 원래 어려웠는데 더 어려워졌어요. 고등학교를 졸업한 뒤 월세를 못 내서 거주하던 집에서 가족이 쫓겨난 적이 있었어요. 그게 아주 결정적인 계기였어요. 친구들한테 매일 문자도 오고, 연락이 왔어요. 근데 피했어요. 길거리에 나앉았는데, 내 삶이 벅찬데 누구를 만날 수 있겠어요.

자판 : 언제 고립감을 느꼈나요?

무명 : 20대 초반에 싸이월드가 한창 유행했을 때였어요. 어떻게 싸이월드를 접속하게 되었는지는 모르겠어요. 제가 친구가 없기도 했고. 그런 거를 귀찮아해서 고등학생 때도 안 했으니까요. PC방 아르바이트 할 때 우연히 싸이월드를 봤어요. 거기서 서로 연결된 친구를 타고 가는 기능이 있잖아요. 그렇게 해서 친구들의 근황을 봤는데 자기네끼리 모여서 찍은 사진을 봤어요. 아직까지 연락하면서 생일 파티하고, 스키장 놀러 가고, 바닷가 놀러 간 게 사진으로 있었어요. 좋은 대학을 가고, 자

격증을 땄다는 소식을 보기도 했고요. 점점 나아가는 게 보였어요. 그걸 본 순간이 아직도 기억나요. 심장이 막 두근두근 거렸어요. 어떻게 보면 공황장애 비슷한 게 아닌가 싶어요.

그때 저는 뭘 할 환경이 안 됐거든요. 나름 나쁘지 않은 대학을 갔는데 돈이 감당이 안 돼서 자퇴를 했으니까요. 그 후 알바를 전전했어요. 서빙도 하고, 피시방 알바도 하고, 학원 가서 조교 역할을 하면서 투잡, 쓰리잡으로 돈만 벌었어요. 그때 친구들이 되게 부러웠고, 나도 저 자리에 있을 수 있었는데 하는 생각을 많이 했어요. 나는 환경 때문에 못 끼는 거니까 거기서 많이 무너졌어요. 너무 뒤쳐졌으니까 더 연락을 못하겠는 거예요. 지금은 거의 연락을 안 해요. 고맙게도 그 와중에 먼저 해주는 친구들이 있어요. 그런데 용기가 안 나서 제가 먼저는 못하겠어요. 세월이 너무 흐르기도 했고요. 날 기억할까 싶기도 하면서도 갑자기 연락하면 말이 안 나올 것 같고요. 이때의 충격이 20대 때 가장 큰 기억으로 남아 있어요.

SNS 자체를 잘 안 해요. 그러다 우연히 2~3년 전에 인스타그램을 한 번 가입한 적이 있었어요. 저는 해본 적이 없어서 휴대폰 번호가 저장되어 있으면 친구추천이 자동으로 뜬다는 걸 몰랐어요. 그때 안 봤어야 했는데 하면서도 궁금하니까, 어떻게 살아가나 해서 봤는데 유명 언론사 기자도 있고, 청와대나 UN

에서 일하는 친구도 있어요. 대기업에서 일하거나 사업하는 친구도 있고요. 결혼한 친구도 있고, 애 낳고 잘 사는 친구도 있어요. 결혼식장에서 친구들이 다 같이 찍은 사진도 있었는데 그걸 보고 이전과 똑같은 감정이 들었어요. SNS니까 좋은 거만 올리긴 하겠죠. 그렇지만 눈에 보이는 걸로만 판단할 수밖에 없으니까 부럽다고 생각했어요.

그렇게 세월이 흘렀어도 트라우마가 남은 것 같아요. 그때에 대한 아쉬움이 있어요. 아직도 친구들과 교류하고 싶다는 마음이 있는데 그러지를 못하니까요. 그리고 그것이 타의에 의해 그렇게 되어버린 거니까, 저와 상관없이 이렇게 흘러가버렸으니까요. 추억이 없는 게 후회스러워요. 환경이 조금만 나았으면 저도 저렇게 즐거운 일이 많았을 텐데 싶어요. 그래서 우정에 대한 갈증이 좀 있어요. 사회에서 만난 친구가 있지만 학창 시절에 만난 친구는 느낌이 다르잖아요. 거기에 대한 아쉬움이 많아요. 지금도 가끔 생각해요. 꿈에도 등교하는 꿈이 나올 정도니까요.

이런 감정이 든 게 3년? 아니다. 10년 이상? 딱 정하기가 어려운 것 같아요. 그냥 10년 이상이 맞는 것 같아요. 처음 생각한 건 3년 이상이었거든요. 생각해 보니까 10년 이상이에요. 이건 평생 해소가 안 될 것 같아요. 너무 어렸을 때 겪었던 거니까요.

어떻게든 잊어보려고 하지만 평생 갈 것 같아요. 질투는 안 나요. 어렸을 때부터 질투는 없었던 것 같아요. 인정을 하면 질투를 안 하게 되더라고요. 부러워하면 누군가를 미워하거나 해코지를 할 텐데 그러진 않아요.

이 상황에서 벗어나지 못할 것 같다는 생각에 참 힘이 빠지더라고요. 남들과 비교를 많이 하거든요. 그때 당시에 싸이월드를 보면 친구들은 발전해 나가는 데에 비해서 저는 과거에 머물러 있는 것 같은 거예요. 과거에서 한 단계 나아가지 못하고, 내가 얘네들 보다 못할 게 없다고 생각하니까 억울하기도 했어요. 그래서 그런지 자격지심이 생기니까 인간관계를 맺기도 좀 어렵더라고요. 사람들이 나를 좀 하찮게 보는 것 같고, 스스로 레벨이 다르다고 생각했어요.

그렇다고 어디 가서 누가 이런 얘기를 누가 들어주겠나 싶기도 하고, 한편으로는 이런 얘기 해봤자 뭐가 나아지겠어 하는 생각도 있고요. 아직도 그런 생각은 조금 있는데 그땐 더 심했어요. 얘기해봤자 말은 말로 끝나는 거잖아요. 아무 도움이 안 된다고 생각해서 대화도 잘 안 했고, 사람도 멀리했고요. 그러다 보니까 고립감을 많이 느꼈어요.

지금도 고립감이 좀 있는데 20대보다는 좀 누그러진 것 같긴 해요. 20대 때가 엄청 컸어요. 그때는 에너지도 넘칠 때잖아요.

제가 보내는 시간이 너무 아까웠어요. 입대 하기 하루 전날까지도 일을 했거든요. 야간 학교를 나온 이유도 학교생활을 너무 하고 싶었어요. 공부를 하고 싶었고요. 그래서 낮에 일하고 끝나자마자 옷을 후다닥 갈아입고 부랴부랴 뛰어갔어요. 그래야 버스 시간을 맞출 수 있으니까요. 너무 힘드니까 버스 타서는 무조건 잤어요. 일하는 데에서 점심을 두 그릇 씩 먹었어요. 배 불러도 먹었어요. 살려고요. 다시 하라면 절대 못 할 일이죠.

학교에서 교우 관계도 쌓았어요. 어린 애들은 대부분 성적 때문에 온 친구들이고, 5, 60대 되는 만학도도 있었어요. 저처럼 낮에 일하고 밤에 오는 친구도 있었어요. 그 중에는 동갑내기도 있었고, 아무래도 공감대가 있었어요. 되게 독특한 분위기였어요. 대부분 낮에 일해서 피곤할 텐데도 그 와중에 나름 교류가 있었어요. 강의 듣는 것도 좋았고, 학교생활 자체가 좋았어요. 그때 여자친구도 만나고 나쁘지 않은 학교생활을 했어요. 그때 만난 친구들하고 대여섯 명 정도 연락해요. 단톡방도 있고, 지금도 꾸준히 연락을 해요. 결혼식장도 갔었고, 마음 맞은 친구들이죠. 남들의 시선에는 유명한 학교는 아니었어요. 시설도 그렇게 좋지 않았고요. 그렇지만 거기에 소속되어 있는 것만으로도 좋았어요. 학교 자체만으로도 사무치는 게 있어서 끝까지 잘 다녔어요.

나이가 들면 고립감을 느끼지 않을까 해요. 아침에 미용실 갔다 왔는데 미용실 거울 속에 비춰진 제가 너무 늙어 보이는 거예요. 또 어느 날 길거리를 걸어가는 두 사람을 봤어요. 한 명은 이제 갓 고등학교를 졸업한 20대 초반으로 보이는 사람이 대충 추리닝을 걸쳐 입고 있고, 그 옆에는 엄청 꾸민 할아버지가 있었어요. 페도라 모자를 쓰고, 에어팟도 낀 멋쟁이 할아버지였어요. 근데 그렇게 꾸며봤자 저 추레한 젊은이도 못 이기는구나 싶은 거예요. 근데 제가 그렇게 늙어가고 있잖아요. 20대로 돌아갈 수는 없잖아요. 그렇게 늙어가는 것 자체에 씁쓸함을 느껴요. 인생의 허망함이 좀 느껴져요. 저는 젊은 시절에 대한 아쉬움이 많은 사람이에요. 지금도 후회를 많이 해요. 제가 좀 과거에 묶여있어서요. 그래서 미래보다는 과거가 떠오르면 고립감을 느낄 것 같아요.

자판 : 고립감을 느끼는 원인이 무엇인가요?

무명 : 기대인 것 같아요. 기대하는 게 꿈일 수도 있고, 목표일 수도 있어요. 사람은 욕망이 있어서 기대를 가질 수밖에 없잖아요. 그런데 그걸 이루지 못했을 때 고립감을 느끼는 것 같아요. 이게 내 탓인가, 환경 탓인가는 지금도 잘 모르겠어요. 나

는 노력을 했다고 생각했는데 한편으로는 내 노력이 노력이 아닐 수도 있다고 생각해요. 다른 사람을 보면 엄청나게 노력해요. 제가 게으름를 피었구나 싶을 때도 있어요. 그렇지만 그 사람이 노력할 수 있었던 것은 환경이 좋아서 그런 것도 같아요. 저는 가로막혀서 좋아하는 것도 많이 못 해봤어요.

그걸 좌절이라고 할 수도 있어요. 저라는 사람은 누군가와 교류하는 걸 좋아하고, 명예욕도 있어요. 돈 욕심도 있지만 둘 중에 하나를 선택하라면 명예에요. 저는 좀 높은 위치로 올라가고 싶은 사람이에요. 높은 데로 올라가기 위해서 학력이라든지, 인맥이라든지, 공부를 하든지 해서 뭘 쌓아가야 하는데 그걸 다 하지 못했어요. 돈도 좋아해요. 돈 없어서 수술을 못 해서 엄마가 죽을 뻔했고, 사고 싶은 것도 너무 많고, 돈의 무서움과 중요성을 아니까요. 근데 그런 경험에도 불구하고 자리 욕심이 있더라고요. 자리라는 게 꼭 높은 위치로 가고 싶은 건 아니에요. 일하면서 가장 스트레스를 받을 때가 누가 저한테 뭘 시켰을 때예요. 내가 주도하지 못하고 그 주변인이 되는 건 명령받는 거 같아서 싫더라고요. 그때는 제가 주도를 할 수 없잖아요. 저는 팀을 꾸려서 뭔가를 주도하는 걸 좋아하더라고요.

저는 좀 나아가고 발전하는 걸 원하는 사람이더라고요. 요즘은 회사 내에서 직원들도 각자 자기가 하는 사업이 있어요. 옛날에는 그냥 큰 회사 가서 안정적으로 다니길 원했다면 지금은 이런 식으로 시대가 변하는 것 같아요. 막내만 봐도 자기가 직접 프로젝트를 주도해서 하고요. 이제 프리랜서의 시대가 된 것 같아요. 흐름이 그런 것 같아요. 물론 쪽박 찰 수도 있지만요. 바깥은 완전히 야생이잖아요. 그렇지만 결국 그런 시대로 가지 않을까 싶어요.

자판 : 고립감을 어떻게 해소하나요?

무명 : 주로 연애를 통해서 정서적 교류를 했어요. 전 애인은 대학에서 만났어요. 그 친구는 병원에서 사무직으로 일하면서 밤에는 학교를 다녔어요. 근데 그 친구가 뜬금없이 밥을 같이 먹자고 그랬어요. 접점이 그렇게 없었거든요. 전 좋았죠. 예쁜 친구가 밥 먹자는데 누가 싫어해요. 메뉴도 기억나요. 그때 당시 유행했던 게 콩불이라고 콩나물이랑 불고기, 오징어 같은 걸 볶아 먹는데 매운 음식이에요. 제가 매운 걸 못 먹어서 좋아하는 음식은 아니었는데도 좋아한다고 하면서 먹었어요. 그때 쥬시쿨을 엄청 마셨어요. 저보다 한 살 어리지만 자기는 인정 안한다면서 친구로 지내자고 해서 친구로 지냈어요.

그 친구가 먼저 영화를 보자고 했어요. 영화도 기억나요. 고수가 나왔던 〈고지전〉이라는 영화였어요. 그날 비가 왔던 것도 기억해요. 그 전날에 그 친구를 만난다고 옷을 사러 다니기도 했어요. 돈도 없을 때였는데 어떻게든 좀 멋있어 보고 싶어서 지금은 없어졌는데 강남역에 유니클로가 있었거든요. 유니클로부터 시작해서 후아유도 있고, 당시에 그 양쪽으로 거리가 다 옷 가게였어요. 그 가게들을 다 돌아다녔어요. 그렇게 해서 지오다노에서 카라티를 샀어요.

그 후 일주일에 한 번씩 꾸준히 만났어요. 그러다 연애를 시작했어요. 그때는 돈이 없기도 해서 연애를 못할 것 같다고 그랬는데 그 친구가 먼저 만나자고 해서 10년을 만났어요. 좋은 친구였어요. 돈 없는 와중에 여기저기 많이 놀러 다녔어요. 아끼고 아껴서 부산을 갔는데 그때 30만 원으로 여행을 갔어요. 기차표도 할인 받고, 밥도 엄청 싼 거 먹고, 허름한 모텔에서 잤어요. 어떻게 그렇게 했는지 모르겠어요. 보여줄 거, 안 보여줄 거 다 보여줬어요. 서로가 서로에게 모르는 게 하나도 없었을 정도였으니까요.

헤어졌을 때 일방적으로 통보를 받은 거라서 이유를 추측하건대 경제적인 부분이죠. 저도 어려웠고 그 친구도 어려웠으니까요. 지금도 마찬가지지만 비전이 없는 남자죠. 뭘 할 수가 없었어요. 집안이 어려워서 알바만 전전했으니까요. 지금도 아쉬운 게 집에서 조금만 받쳐줬으면 하는 생각이 항상 머릿속에 있어요. 그 와중에 CP를 따려고 했던 것도 택도 없죠. 어차피 CP를 따는 사람들은 아침 6시부터 밤 10시까지 학원에 있는 사람들이에요. 알바하면서 한다는 건 말이 안 됐었어요. 어떻게든 해보려고 하긴 했는데 잘 안 됐어요.

알바는 별로 도움이 안 돼요. 경력도 안 되고, 그걸로 연차가 쌓이는 것도 아닌데 집에 돈이 없으니까 그만둘 수 없었어요. CJ를 들어가기는 했는데 낙하산이니까 대리 이상으로 올라갈 수가 없었어요. CJ에는 그런 불문율이 있더라고요. 제가 좀 느린 사람이거든요. 생각하는 것도, 느끼는 것도 뭐든지 느려요. 좀 더 판단을 빨리 했어야 하는데 남들보다 한 발짝 느리기 때문에 아마 답답했을 거예요. 과감하게 회사를 나와서 이직을 한다든지 차라리 비전 있는 공부를 했으면 모르는데 미래에 도움 안 되는 일만 했어요. 머리로는 알고 있었는데 그만둘 수가 없었어요.

그 후 일이 잘 풀리긴 했어요. 좋은 회사로 스카웃 됐으니까요. 물론 너무 힘들어서 그만뒀지만 좋게 봐주신 분이 있어 저를 데려갔고 지금은 그곳에서 일을 하고 있어요. 그리고 나서 지금의 여자친구를 만났어요. 되게 좋은 사람이에요. 여자친구는 차분하고, 감정에 휩쓸리지 않고, 지혜로워요. 벌써 만난 지

3년 넘었네요. 안정감 있는 사람이에요. 어떠한 상황에서든 앞으로 나아갈 사람이고요. 위기가 닥쳐도 사람이 좌절하거나 무너지기 마련인데 당황하지 않아요. 그 상황에서 뭘 할 수 있을까를 고민하는 사람이에요. 저도 마찬가지인데 사람이 감정의 동물이라 올바른 판단을 못하잖아요. 그래서 무슨 상황이 벌어지면 저는 자고 나서 하루 있다 감정이 누그러지면 결정을 해요. 그거를 여자친구에게 배웠어요.

지금도 제가 조금 나아졌을 뿐이지 어려운 건 사실인데 그걸 잘 이해해줘요. 연상이어서 그럴 수도 있고요. 쉽게 흔들리는 스타일은 아니에요. 제가 감정에 쉽게 휩쓸리기 때문에 저 같아도 저 같은 사람을 안 만나요. 그런 저를 이해해줘요. 전 여자친구가 안정적인 스타일은 아니었어요. 뭔가를 받아주고, 이끌어줘야 한다는 부담이 있었어요. 항상 여유가 없어서 쫓기듯이 했어요. 여자친구가 뭘 벌려 놓고 수습도 못하고 그랬으니까요.

지금 여자친구를 만나면서 조급함이 사라졌어요. 그 전에는 정서적 교류가 있긴 했지만 고립감을 해소할 만한 교류는 아니었던 것 같아요. 제 마음을 다 드러내지 않았어요. 그러면 안 될 것 같기도 했고요. 지금은 여자친구를 만나고 좀 나아져서 둘 중에 한 명을 선택하라고 하면 지금의 여자친구를 택할 것 같아요. 그만큼 저한테 안정감을 많이 줘요. 요새는 같이 살 생각도 있어서 그에 관한 얘기를 많이 해요. 여자친구가 혼자 사는 집이 있으니까 평일에 퇴근하고 가기도 하고, 아니면 쉬는 날에 거기 있기도 하고요. 같이 장 보는 것도 재밌더라고요. 이 사람과 같이 살면 좋을 것 같다고 생각해요. 혼인신고는 굳이 안 해도 될 것 같고요. 특별히 구체적으로 계획하고 있지는 않지만 자연스럽게 다가오고 있는 것 같아요.

정말 깊은 것까지 교류하는 사람이 딱 한 친구 있어요. 군대에서 동기로 만났는데 알게 된 지 10년이 넘었어요. 그때 같은 생활관을 쓴 친구에요. 제가 다쳐서 목발을 하고 다녔었는데 그 친구가 아이스크림을 사줬었어요. 그때 당시에 사람들이 저를 많이 안 좋아했거든요. 제가 아픈데도 불구하고 그게 꾀병이라고 생각했던 사람들이 많았어요. 그때 친절하게 대해줬던 유일한 사람이었어요. 나이로는 동생이긴 하지만 아무래도 군대 동기로 만났다보니까 사회에 나와서도 친구처럼 지내고 있어요.

군대에서도 이런저런 대화를 많이 했어요. 나와서도 마찬가지였고요. 제가 인간관계가 넓지 않고, 사회생활도 더 해야 하지만 이 사람, 저 사람을 나름 만나면서 사람들이 참 가볍고 생각 없이 사는 사람이 많다고 생각해요. 나이를 먹었다고 해서 사람이 성숙해지는 게 아니더라고요. 요즘도 많이 느끼고요. 근데 그 친구는 참 차분하고 감정에 휩쓸리지 않아요. 무엇보다 대화가 잘 통했고 들어주는 태도가 남달랐어요. 사람이 대하다 보면 말을 잘 듣고 있는지 안 듣고 있는지 느껴지잖아요. 근데 이 친구는 대화를 하면 잘 듣고 있는 게 느껴져요. 그렇게 들어주는 것만으로도 위안이 되었고요.

여자친구가 있기는 하지만 우정과 사랑은 별개인 것 같아요. 뭔가 편하게 얘기할 수 있는 사람은 친구인 것 같아요. 자연스럽게 오픈을 하게 되더라고요. 물어보지 않아도 제가 먼저 얘기를 꺼내요. 아무래도 여자친구한테 얘기하기는 부담스러운 것도 있는 것 같아요. 우정은 영원할 거라고 생각하거든요. 큰 이별을 경험했기 때문에 사랑은 그러기가 좀 어렵다고 생각하나 봐요. 우정은 정신적으로만 엮여 있지 뭐가 엮이지 않으니까 무게감이 다르기도 해요. 그 친구하고 같이 사업을 하면 또 얘기가 달라질 수도 있겠죠. 사랑은 아무래도 물질적인 게 엮이잖아요. 돈 문제가 안 낄 수가 없거든요. 그에 대한 부담감이 있는 거예요. 그래서 전부는 얘기를 못해요.

20대 때 고립감을 너무 크게 느꼈기 때문에 교류를 하는 친구가 한 명이라도 있어서 다행이다 싶어요. 만약에 고3 때 만난 친구들과 관계가 죽 이어졌으면 여러 명을 얘기했을 것 같은데 아예 끊겨버렸으니까요. 제가 말한 친구도 개인 사정으로 동창 결혼식도 안 가고, 동창들과도 연락을 끊었대요. 제가 극단적인 게 아니냐고 했어요. 저는 고립감을 느껴봐서 사람이 소중해서 그런 걸 수도 있어요. 그 친구는 저와 같은 경험이 없으니까요.

자판 : 고립청년에 관해 어떻게 생각하나요?

무명 : 신문을 보는데 요즘 문제가 많은 것 같아요. 지원사업도 많이 하는데 무엇보다 사회의 경쟁이 너무 치열해요. 서로 못 잡아먹어서 안달이에요. 저는 물류 쪽이기 때문에 사람이나 환경이 거칠어요. 전쟁터 한복판에 있어요. 물론 사람이 먹고 사는 곳은 거칠어요. 저는 사람도 동물이라고 생각하기 때문에 생존 본능으로 인해서 자기 자리를 차지하려고 하고, 남들을 어떻게든 이용하려고 하니까요. 지금 사회가 압박감도 너무 심하잖아요. 왜 애를 안 낳고, 결혼을 안 하겠어요. 집값만 봐도 어마어마하잖아요.

이런 사회에서 맞서 싸우지 못해서 도망간 사람들이 그렇게 된 거라고 봐요. 저도 그런 비슷한 시기를 겪어봤고요. 근데 그게 사회적 환경의 영향인 거죠. 그런 사회에 있으니까 고립청년이 나올 수밖에 없다고 생각해요. 물론 개인적인 문제도 있을 수 있어요. 그런 사람들은 맞서 싸우지 못하는 사람들이에요. 정신적으로 멘탈이 약한 사람이죠. 동물로 치면 최하층에서 도망 다니는 사람이에요. 안타깝기는 하지만 사회가 그런 사람들을 받아들이기가 어렵다고 생각해요. 지금의 사회 구조가 더 심해지면 더 심해졌지 금방 나아지지는 않을 거니까요. 요새는 각자도생 시대라고 하잖아요.

초등학교 때부터 아는 친구가 있어요. 그 친구도 조금 약하기는 했어요. 본능적으로 어떤 사람이 기가 센지 약한지 안단 말이에요. 그래서 괴롭힘도 많이 당했던 친구였어요. 저도 남들과 같이 은근 무시하는 것도 있었고요. 그 친구가 대놓고는 아니지만 괴롭힘을 당했어요. 그래도 중학교 가면서 조금 나아지더라고요. 어떻게 살아보려고 했던 거 같아요. 대학도 나중에 철도대학에 갔는데 자퇴하고, 은둔 생활을 하더라고요.

지금은 연락이 잘 안 돼요. 3년 전에 친구 결혼식이 있어서 제가 나오라고 그랬어요. 그토록 오라고 몇 번이나 연락했는데 당일 아침 오전에 겨우 연락이 된 거예요. 그렇게 그 날 만나서 소식을 들었는데 알바도 하고, 공장에서 계약직으로 생활비를 버는 것 같더라고요. 근데 그 후로 연락이 안 돼요. 나중에 그 친구 생일에 생일 축하한다고 연락해도 읽은 기록도 없더라고요. 좀 안타깝더라고요. 저도 비슷한 경험을 했는데 그 친구를 보면 여러 요인이 있지만 솔직히 답이 없다고 생각해요.

석태풍,
일하는 공시생도
고립청년이죠

자판 : 석태풍님은 어떤 분인가요?

석태풍 : 어렸을 때 〈태권왕 강태풍〉을 봤어요. 태풍은 여러 가지 시련을 겪으면서 단계적으로 성숙해져요. 그 중에서도 태풍이 발전하면서 애벌레에서 나비가 된다는 내용이 있어서 아직도 그게 인상적으로 남았어요. 저도 그렇게 되고 싶다고 생각했어요. 그래서 별명을 지을 때 제 성에 캐릭터 이름을 붙였어요. 성이 특이한 편인데 이걸 보고 제가 누군지 알아도 괜찮아요. 저는 부끄러운 일도 안 했고, 과거 시절도 중요하고, 그때의 힘듦도 누군가가 알아줬으면 좋겠다는 생각도 있어요.

현재는 방사선사를 하고 있어요. 원래 체대를 가려고 반수를 했는데 떨어졌고, 학력에 맞춰서 가려다 보니까 방사선학과 대학을 갔어요. 원했던 길이 아니었는데 전공이 이쪽이다 보니까 자연스럽게 병원에 취직을 했어요. 지금은 정형외과에서 엑스레이 찍고, CT 찍고, 척추 쪽에 주사를 넣어서 통증을 완화시켜주는 시술을 하고 있어요. 이 일을 6년 정도 했어요. 처음에 3년 정도 일하다가, 수자원공사에서 1년 동안 기간제로 근무했던 경험도 있어요. 그후에 현재 병원에서 3년을 일했어요.

현재 근무시간은 월화목금은 9시부터 해서 8시에 끝나요. 수요일은 7시에 끝나고, 토요일은 2시에 끝나요. 대신 월요일을 뺀 나머지 하루에 쉴 수 있어요. 일은 너무 단조롭고, 재미도 없고, 매번 똑같아요. 직장에 들어와서 딱히 보람을 느껴본 적이 없어요. 하루를 마치고 집에 갔을 때 뿌듯함도 없고, 그냥 일을 해서 돈을 버는 정도에요. 그래도 금전적으로는 만족스러워요. 데이트를 할 때 돈 걱정은 안 할 수 있는 정도에요. 집세에 관리비 내고, 주말에 매주 여행을 갈 수 있고요.

수자원공사는 3년 다니던 곳을 그만두고 공무원 시험을 준비하러 들어갔었어요. 공무원을 준비하다 보니까 직장을 다녔던 루틴이 있고, 돈도 못 벌다 보니까 정신적으로 타격이 오더라고요. 합격할지, 불합격할지 모르는 시험을 준비하는 시간에 돈을 벌 수도 있으니까요. 그런 기회비용을 따졌을 때 말이 안 되는 걸 하고 있다는 생각이 드니까 불안감이 생겼어요. 아침에 일어나면 종아리가 후들거릴 정도였어요. 그러다 첫 시험을 보기 전에 지원해서 들어가게 됐어요.

거기도 공기관이니까 시스템은 비슷해요. 거기서 근무하면서 어떤 시스템인지 알 수 있었으니까 저한테는 더 할 나위 없이 좋은 곳이었어요. 다만 기간제로 들어갔다 보니까 정규직과의 차별은 있었어요. 직접 행동으로 나타나기도 하고, 제가 아무리 어울리려고 해도 좀 벽이 있었어요. 어차피 저는 조금 있으면 나가니까요. 그래서 얼른 정규직 공무원이 돼야겠다는 생각도 했고, 저도 그런 기관에서의 차별은 당연하다고 생각하고 받아들였어요.

일을 해보니까 공무원이 체질이라는 생각은 들지 않았어요. 오히려 들어갔을 때 일찍 그만둘 수도 있고, 체제에 적응하지 못해서 중도 탈락할지도 모른다고 생각했어요. 그래도 지금 다니는 곳보다 악행이나 관행이 적을 것이라는 기대가 있어요. 원래는 수자원공사에서 기간제로 조금 더 근무할 수 있는 기회가 있었어요. 더 다니면서 다시 한 번 시험을 준비하려고 면접까지 봤는데, 중복 근무가 안 된다고 해서 다 틀어져버렸어요. 경제적으로 힘드니까 어쩔 수 없이 다시 병원으로 돌아가게 됐어요. 다시 돌아간다는 건 실패거든요. 실패했다는 생각이 드니까 마음이 안 좋았어요. 공부를 병행해야 한다는 것도 부담이 커서 그 당시에는 많이 힘들었어요.

보건직 공무원 공부는 2018년 8월부터 준비했어요. 당시 첫 병원을 다닌 지 2년이 넘어가는 해였어요. 그때가 여자친구를 만난 지 1년이 넘어가는 때이기도 하고, 언제 잘릴지 모르는 직장에 있다는 위험도 있어서 평생 다닐 수 있는 직장을 찾다 보니까 공무원을 준비하게 됐어요. 그래도 보건직으로 가면 여태까지 다녔던 경력을 쳐주기 때문에 아무래도 유리해요.

대학병원은 정년이 있지만 동네에 있는 병의원의 방사선사는 부속품처럼 생각해서 금방 잘려요. 그렇지 않은 곳도 있긴 해요. 그래도 일반 회사를 다니는 사람은 마흔 아니면 더 늦은 나이까지도 다니는 사람이 많거든요. 그런데 방사선사는 정년이 서른다섯 정도에요. 그래서 남들보다 먼저 이르게 생각하게 돼요.

공부는 18년부터 23년까지 했어요. 처음에는 의료기술직 공무원을 도전했는데 도저히 못할 것 같아서 바로 포기하고 보건직으로 돌렸어요. 그러고 나서 19년도에 시험을 봤는데 택도 없었어요. 그 후 20년도에 시험을 봤는데 과락이 나왔어요. 세 번째 시험은 남들이 봤을 때 기준에 훨씬 미치지 못하는 점수이긴 한데 그래도 제 입장에서는 최고 점수가 나왔어요. 거기서 그만하려고 했었어요. 근데 아깝기도 하고 마침 들어간 직장에서 적응을 하고 있던 터라 일과 병행하기로 했어요. 직장 다니면서 돈이 생기니까 저축도 하고, 독서실도 다니면서 기반이 다시 한번 마련됐어요. 공부하는 입장에서 스스로 벌어서 한다는 게 제일 컸어요. 만약에 돈을 계속 까먹으면서 떨어졌으면 힘들었을 것 같아요.

네 번째 시험에서 대통령이 바뀌면서 티오가 많이 줄어들었어요. 그래도 묵묵히 하다 보니까 오히려 네 번째 필기가 붙더라고요. 남들은 두 번이나 세 번 해서 안 되면 끝이라고 했어요.

보건직 공무원을 준비하는 사람들의 커뮤니티가 있는데 그곳에서도 부정적인 얘기를 많이 들었어요. 공무원이 된 친구들이나 병원 필드에서 일하는 사람들마저도 그랬고, 집에서도 마찬가지고요. 그러다보니까 어느 순간 제가 멍청이 내지는 망나니가 되어 있었어요. 아무래도 직렬 특성 상 일반 행정이 제일 어렵기는 한데, 기술 직렬에서 제가 있는 분야는 티오가 워낙 적거든요. 첫 번째, 두 번째 시험 때는 티오가 많았다고 생각해요. 근데 때를 놓친 거를 어떻게 해요.

최근에 다섯 번째 시험을 봤어요. 1.5배수라 2명을 뽑으면 면접은 4명을 뽑거든요. 그 안에는 든 것 같은데 작년과 마찬가지에요. 작년에도 1.5배수 안에 들었는데 최종적으로 떨어졌어요. 근데 이게 성적순이라는 말이 많아서 지금도 마음은 좀 불편해요. 만약에 떨어진다고 해도 다시 할 것 같아요. 티오가 어찌 되든 일상생활을 하면서 시험을 준비했고, 하다 보면 되지 않을까 해요. 처음에 비해서 성적이 계속 올라가고 있기도 하잖아요. 근데 좀 많이 힘들긴 해요. 고독하고 힘들어요.

일과 공부를 병행하는 경우는 되게 드물어요. 열 명 중에 한두 명도 하기 힘들어요. 직장에서 상주하는 시간이 정말 길어요. 보통 병행을 한다 해도 일주일에 한 세네 번 나가거나, 주말에 하루 이틀 하는 파트타임을 많이 해요. 1년으로 봤을 때 한

3~6개월 정도 일하지, 저처럼 완전 전업으로 하지는 않아요. 공부는 회사 끝나고 집에 와서 저녁 9시부터 새벽 1시 사이에 하는데, 그 시간에 모든 걸 쏟아 붓기가 쉽지 않아요. 여자친구랑 통화도 해야 하고, 집안에 무슨 일이 있었는지 얘기도 해야 하고, 병원에서 인수인계 문제로 연락도 많이 와요. 그러니 평일에 온전히 투자할 수 있는 시간은 한두 시간이고, 쉬는 날에도 공부를 하긴 하는데 집중은 안 돼요.

이거를 준비하면 준비할수록 시간을 최소로 투자하고 싶어요. 그러면서도 최대의 효율을 뽑고 싶어 해요. 처음에는 하루 종일 공부만 했어요. 근데 가면 갈수록 내 시간이 없으니까 공부하는 시간은 줄이고 할 거 다 하면서 성과는 성과대로 내고 싶어요. 그렇게 해서 지금까지 성과도 있었고요. 물론 너무 여유롭게 하면 안 되겠지만요.

시험을 준비하면서 오로지 1년이라는 시간을 기준으로 시험에만 집중하는 게 너무 싫은 거예요. 그래서 다른 걸 해야겠다는 강박이 있어요. 그 중에 하나가 일기를 써서 책으로 만들었고요. 요새는 몸무게를 늘리는 걸 목표로 하고 있어요. 어렸을 때부터 강박이 있다는 걸 요즘에 많이 느껴요. 1차원적 쾌락하고, 2차원적 쾌락에 대한 글을 좀 많이 읽었어요. 전문가들은 40대 60 아니면 30대 70 비중으로 하면 좋대요. 저는 1차원 쪽에 가까운 사람이에요. 마음이나 행동이 그래요. 그런데 머리로는 2차원 쪽을 해야 한다고 생각하니까 괴리가 생겨요. 그게 되게 괴로워요. 게으른 와중에 추구하는 거는 많은 성향이라서 그런 것 같아요.

올해는 7년 만난 여자친구와 결혼이 예정되어 있어서 결혼식을 잘 마치는 게 목표에요. 이게 준비하다 보니까 하나의 프로젝트라고 느껴요. 결혼하는 우리가 좋아야 하는데 어른들과 얘기도 해야 하고, 그런 과정이 짐처럼 느껴져서 그냥 잘 마치면 좋겠다고 생각해요. 그리고 방사선동위원소 감독자가 되고 싶어요. 방사능 물질을 뿜는 기계를 감독, 통제할 수 있는 역할을 하는 사람이에요. 업계에서 제일 높게 치는 건데 우리나라에서 1년에 6명 나올까 말까 하는 시험을 통과해야 해요. 그래서 될 수 없겠다 싶은데 그냥 목표로만 잡고 있어요.

결혼하기 전에 집을 분양받긴 했어요. 내년 2월에 입주해요. 원래는 행복주택에 들어가고 싶었어요. 그게 제일 효율적이고, 젊은 날의 시간을 가장 효율적으로 쓸 수 있는 수단이라고 생각해요. 아파트를 분양받게 되면 돈을 갚는다 하더라도 대출에 묶여 있게 되잖아요. 그러면 직장에 묶이고, 어딘가에 계속 소속되어 있어야 돼요. 인생 사는데 왜 이 집에 묶여 있어야 하나 하는 생각을 좀 많이 해요.

자판 : 가족은 어떤 분들인가요?

석태풍 : 외할아버지, 외할머니는 자산이라고 할 게 딱히 없었어요. 살던 곳은 포천인데 어렴풋이 기억나요. 외할아버지는 제가 다섯 살 때 일찍 돌아가셨어요. 집이 굉장히 노후해서 들어가면 옛날 집의 특이한 냄새가 났어요. 외할머니는 재혼하셔서 인천에 있어요.

친할아버지, 친할머니는 나름 구색을 갖추고 살았어요. 일단 집도 다 같이 사는 대가족이었고, 제가 어렸을 때는 할아버지가 일을 많이 하셔서 땅도 있고, 집도 있고 갖출 건 다 갖췄어요. 대가족이다 보니까 잃을 재산도 없고, 지킬 거는 지켰어요. 삼촌이 있는데 어렸을 때 열병을 앓아서 정신이 안 좋으세요. 병명은 정확히 모르겠어요. 어렸을 때는 엄마, 아빠, 동생까지 일곱 식구가 같이 살았어요. 제가 초등학교 들어가기 전이 기억나요. 삼촌이 저를 위협하고, 엄청 욕을 했어요. 어린 저는 왜 그거를 당해야 되는지 몰랐어요. 그런 일상이 좀 많았어요. 갑자기 학교를 갔다 왔는데 삼촌한테 말하면 대답을 안 해요. 그러다가 갑자기 화내고, 욕했어요. 삼촌은 할아버지, 할머니가 살아 있을 때는 같이 살다가 지금은 요양원에 있어요.

엄마, 아빠를 생각하면 제가 밝게 살아올 수가 없었어요. 긍정적인 요인도 하나 없고, 뭐 하려고만 하면 엄청 혼나기만 해서 되게 암울했어요. 아버지를 생각하면 고등학교 때가 생각나요. 고등학교 1학년 때 학원을 못 보내준다는 거예요. 원래는 친구랑 같이 가기로 해서 친구가 먼저 가고, 저도 이제 후발대로 들어가기로 했는데 못 갔어요. 아빠가 농사를 지었는데 이게 너무 돈이 안 됐어요. 그때 마이너스 통장을 사용했는데 이자가 50만 원씩 나갔어요. 근데 돈도 안 들어와요. 농사는 1년 주기라 돈이 들어오려면 시간이 있어야 했어요. 그래서 아빠가 환경미화원으로 일했어요. 그래도 그 전에 축적된 재산이 있을 줄 알았어요. 근데 학원을 못 보낸대요. 30만 원을 내는 것도 힘들었어요.

그 시절에 집에 얼마나 빚이 있나 엄마한테 물어서 알게 되었는데 심각하더라고요. 제가 고1때는 굉장히 밝았거든요. 근데 집안 사정을 알고 나서 순식간에 성격이 어두워졌어요. 치아가 너무 아픈데 치과를 가본 적이 없었어요. 그런데 고등학교 2학년 때 치아가 너무 아파 죽을 것 같은 거예요. 그래서 치과를 갔는데 치료비로 300만 원을 달래요. 그걸 집에 알렸는데 천하의 역적이 된 적도 있어요.

어머니도 일을 했어요. 제가 공부에 대한 욕심이 있어서 고2

때 학원을 다시 다니기로 했는데 학원비가 두 달 치 밀려서 50만 원이 밀렸어요. 그때 엄마 월급이 130만 원이었어요. 근데 엄마가 50만 원을 들고 학원으로 찾아가서 학원비를 냈다는 사실을 며칠 뒤에 알았어요. 큰돈이었을 텐데 그걸 쓰게 한 게 아직도 속이 아프고, 미안하게 생각해요. 그 시절에 저한테 아픔도 많이 준 사람들인데 반대로 저를 위해서 큰 걸 해줬던 사람들이구나 생각해요.

동생은 일탈이 좀 심했어요. 동생이 고등학교를 갔는데 자퇴를 하겠다고 했어요. 그때는 일반적인 상식으로 자퇴를 한다는 거는 정말 엇나간다는 거잖아요. 그래서 다른 학교에 갔는데 거기서 자퇴를 하고, 사고도 엄청 치고 다녔어요. 얘는 돈부터 벌겠다고 해서 지금으로 치면 배달라이더인데, 그때는 콜바리라고 했어요. 그게 대부분 깡패들이 운영을 많이 했어요. 거기에서 일을 하다가 벗어나려고 하는데 깡패가 놔주질 않는 거예요. 엄마, 아빠한테도 큰 피해를 줬지만, 저도 고등학생인데 그런 얘기를 들으니까 마음이 불안했어요.

그래도 고2때 담임선생님 말이 기억나요. 그 선생님 동생도 깡패였어요. 그 시절에 상황이 너무 심각하니까 선생님한테 한번 얘기한 적이 있어요. 동생이 이런 상황인데 어떻게 해야 하냐고 했는데 선생님이 끝까지 믿어주면 된다고 해서 끝까지 믿어줬는데 정말 사람이 됐어요. 이제 많이 변해서 가족의 품으로 돌아왔어요. 지금은 돈도 열심히 버는 직장인이에요. 엄마, 아빠한테 효도하고요. 애물단지가 효도한다고 그러잖아요. 중간에 의심을 많이 했는데 그때마다 그 생각하면서 끝까지 믿어줬거든요. 근데 진짜 돌아오더라고요. 그게 신기했어요.

가족을 생각하면 밤송이 같아요. 밤송이에 가시가 있잖아요. 보금자리이기는 했지만 상처를 좀 많이 받았어요. 그래도 각자 구성원들이 나름 노력을 하다 보니까 제가 생각했던 단계로 올라왔어요. 이 정도면 내가 이 보금자리를 떠나도 되겠다 싶을 정도로 성장했어요. 가족이기는 하지만 객관적으로 얘기하면 성장할 수 있는 한계가 있다고 생각해요. 본인들이 가진 가치관이라든지, 여태까지 물려받은 것들, 그리고 동네의 풍습도 있잖아요. 그런 걸 진짜 무시 못 하겠더라고요. 아무리 벗어나게끔 도와주려고 해도 틀 안에서 벗어나지 않으려고 하는 게 있어요.

제가 시험을 준비할 때도 여자친구 언니가 교사고, 동생도 오랜 시간을 거치긴 했지만 법무부에 들어갔어요. 그런 과정을 멀리서 지켜보고, 이해하려고 애쓴 결과죠. 물론 지켜보는 사람도 진짜 힘들어요. 근데 비교가 돼요. 저는 집에서 "그렇게 시험을 준비해서 되니?", "네가 그러니까 그 모양이지." 같은 얘기를 들어요. 제가 벽에 목표라든지, 앞으로 나아가야 할 방향에 대해

쓴 종이를 엄청 붙여요. 그런데 어느 순간 다 치워버려요. 그런 것들만 봐도 발전이 없다고 생각해요.

엄마, 아빠는 어떻게든 돈만 계속 벌길 원했던 것 같아요. 딱히 내가 뭐가 되라는 건 아니고, 가정에 도움이 되라는 것도 아니고 그냥 꾸준히 돈을 벌면서 우리한테 피해주지 마라는 거죠. 어떻게 보면 그걸 위해 공부를 하고 있는데 전혀 이해를 못해요. 공부하고 있는 사람한테 방에 들어와서 매일 한숨 쉬고, 동생도 와서 자기 친구들은 됐는데 너는 그런 식이라느니 이런 얘기를 한두 번 들은 게 아니에요. 5년 동안 수도 없이 들으면서 자존감이 많이 낮아졌어요.

시험 준비하면서 중간에 독립도 하려고 생각했어요. 여자친구도 권했고요. 그런데 집안에 정비할 게 많았어요. 이 가족이 완성이 되려면 아직 더 시간이 필요하고, 어떻게든 버텨서 완성을 시켜줘야겠다 생각했어요. 가족을 사랑해서 그랬다기보다는 내 삶에 크게 피해를 미치지 않게끔 어느 정도 선을 만들어 놓고 싶은 마음이었어요. 아빠가 일 그만두고 나서 실업급여 받을 때도 제가 도움을 안 줬으면 못 탔을 거고, 국민연금 조기 수령을 신청하는데 신경 쓰는 사람이 아무도 없고, 정보도 없어요. 그런 것만 봐도 제 도움이 필요했어요.

저는 불안하니까 공부하는 건데 가족들은 전부 다 1차원 쪽

쾌락에 빠져 있는 것 같아요. 오후 6시 이후에는 TV가 틀어져 있고, 게임하고, 그 외에는 아무것도 안 해요. 독서라도 하거나 아니면 미래에 대해서 어떻게 하자고 얘기 할 수도 있잖아요. 그런데 자기가 가진 가치관만 고집하면서 노력은 하나도 안 하고, 동네 눈치나 보니까요. 특히 아빠를 정말 사랑하는데 일 끝나고 나서 매일 TV만 보면서 누워 있는 건 별로 안 좋아해요.

시험 기간을 준비하면서 도움 받은 거 하나도 없고, 응원을 받아본 적도 없어요. 오히려 일을 그만뒀을 때 욕하고, 화냈던 것들이 저한테는 큰 상처였어요. 일과 공부를 병행했을 때도 그냥 책을 붙잡고 있는 것을 꼴 보기 싫어해요. 이 나이에 방구석에서 책을 보는 게 싫은 거예요. 제가 로또에 당첨된 상태에서 공부를 해도 싫어했을 거예요. 실제로 시험 준비하면서도 잘하고 있다는 얘기를 주변에서 딱히 못 들었요. 그래서 집을 진짜 한 번 나가려고 한 적도 있어요. 고시원을 알아봤는데 외국인들이 많고, 창문도 없어요. 그곳까지 갔다가 자신이 없어서 돌아왔어요.

방사선사 취득하고 나서 처음 직장을 갔는데 직장이 노원에서도 좀 더 들어가야 했어요. 집에서 가는데 거의 2시간이 걸리니 다닐 수가 없었어요. 빨리 가도 2시간이니 아침 6시에 일어나서 가면 딱 맞았어요. 그때는 초임이니까 차도 없고요. 근데 집에서는 직장 안 나가냐고 뭐라 그러고, 그렇게 개판으로 살 거냐고 윽박을 질렀어요. 그때 마침 친구가 건설 일용직 아르바이트를 같이 하자고 제안해줘서 집에 얘기도 안 하고 친구 집으로 도망쳤어요. 근데 스무 살 때 책을 읽다가 미리 유언장을 쓰면 좋다고 해서 유언장을 써놓은 게 있어요. 제가 나가고 난 뒤 가족들이 그걸 보고 난리가 난 거죠. 다시 돌아가긴 했지만 그때 낮에 일하고, 밤에는 친구와 같이 치킨도 먹었던 기억이 행복했던 기억으로 남아있어요.

자판 : 학창 시절은 어땠나요?

석태풍 : 남면의 상수리라는 동네에 살았고, 지금도 살고 있어요. 중학교, 고등학교 때 친구들이 남면 안에 속해 있는 동네 친구들이었어요. 그래서 형, 동생들 보면 전부 아빠 후배나 친구하고도 연관이 되어 있더라고요. 그렇게 익숙하다 보니까 자연스럽게 고인물이 됐어요. 덕계라든지 의정부 같은 더 큰 시내에 나갈 생각을 안 해요. 여기서 나가고 싶어서 도전했다가 성공한 친구도 있지만, 그곳의 쓴맛을 보고 안 좋게 흘러간 인생도 있어요. 여기 동네는 정말 작아요. 많이 낙후되고 있어서 초등학교는 분교가 된다고 옛날부터 말이 나왔어요. 그걸 막는다

고 서명을 받을 정도에요. 어르신들이 살기에는 나쁘지 않은데 젊은 사람이 살기에는 인프라가 딱히 갖춰져 있지도 않고, 정보도 없고, 발전 가능성이 없어요.

가구로 치면 예전에 한 2, 30 가구 있었어요. 현재는 윗세대가 돌아가시면서 지금은 많이 없어요. 아무도 안 살고 있는 집도 있고, 운영하던 가게도 이제 운영하지 않아요. 가장 윗세대가 돌아가시고 나면 아빠, 엄마 세대가 경로당을 메우겠죠. 대부분 농사꾼 출신이에요. 그러다보니까 공동 경작도 했어요. 예를 들어 서울 사는 사람이 몇 천 평짜리 땅을 갖고 있는데, 그 땅을 외주 받아서 농사꾼 열 팀이 모여서 경작을 해요. 거기에서 수익이 나면 친목회 비용으로 썼어요. 그래서 어렸을 때 그 가족들끼리 같이 여행을 갔어요. 시절이 지나면서 농업을 포기한 사람도 있고, 사이도 멀어지다 보니까 공동 경작이라는 개념도 없어졌어요.

동네에서 사람들끼리 같은 편이 됐다가, 다른 편이 됐다가 싸우기를 반복해요. 잘 사니, 못 사니로 아주머니들끼리 보이지 않는 싸움을 하다가 아예 그쪽에서 빠져서 활동하는 사람들도 있어요. 실제로 엄마도 이 동네가 너무 질려서 바깥에서 만난 친구들을 더 많이 만나는 편이에요. 서로의 감시망 안에 있으니 얼굴 붉히는 일이 생길 수밖에 없어요.

자녀들도 그렇게 다투는 걸 보면서 살아왔고요. 제 성장배경에는 항상 옆집 혹은 동네와 관련이 있어요. 옆집 사람과 엮이면 항상 욕을 먹었어요. 옆집은 소위 말해서 연봉 5천을 버는 아버지, 어머니가 있으면 우리 엄마, 아빠는 연봉 2천을 받는데 그런 것들을 이미 암묵적으로 알고 있어요. 부모가 버는 돈이 자식의 교육에 영향을 간접적으로 줄 수 있겠지만, 그게 우리 인생에 큰 영향을 미칠 것은 아니잖아요. 근데 비교하는 것이 직접적으로 영향을 줬어요.

예를 들면 자기네 집은 잘 사는데 저 집은 못 산다는 얘기가 들려와요. 저 집은 부모가 어때서 자식도 저렇다는 소문이 돌아요. 그러면 아직 미성숙한 상태에서 그런 거를 견디기가 굉장히 힘들었어요. 나중에 그거를 자연스럽게 받아들이는 게 가장 무서운 일이죠. 저 집은 잘 살고, 그 자제들에게 함부로 하지 못한다는 이미지가 씌워져요. 마치 옛날에 대감집에 얹혀사는 노비마냥 모든 행위에 대해서 눈치를 봐요. 자식들이 뭐 하나만 해도 동네에 소문이 나요. 저 집은 저 정도 그릇밖에 안 되는데 왜 저런 걸 도전하냐 하는 것부터가 웃기죠. 그런 동네에 살았어요. 지금도 솔직히 좀 답답한 게 결혼식을 앞두고 있는데 축의 봐주는 사람을 옆집 아저씨로 써야 한다는 이야기를 해요. 그게 진짜 말도 안 되는 거거든요. 그럴 정도로 마을 사람들 눈치를 봐요.

중학교 때까지는 딱히 기억 안 나요. 그냥 철없었고, 가족에 대해서도 생각할 시기가 아니었고요. 그러다 고등학교 때 급식비가 부담스러웠어요. 그 시절에 급식비를 달라고 하면 부모님한테 너무 큰 부담을 주는 것 같아서 달라고 할 수가 없었어요. 그래서 민영이라는 친구한테 혹시 좀 내줄 수 있냐고, 다음에 갚겠다고 부탁을 했어요. 그때 친구가 아무 말 없이 내줬어요. 그 얘기를 지금도 만나면 많이 해요.

아빠 마이너스 통장이 4, 5천만 원이고, 아빠도 직업을 막 갈아탔을 테니까 초임 월급이 얼마 되지 않았어요. 남들이 뭘 살 때 그거에 반도 못 미치는 제품을 사야 하는 환경이었어요. 반 친구들이 공부를 하면서 PMP라는 걸 갖게 되더라고요. 애들이 그걸로 야자 시간에 하나 둘씩 강의를 들었어요. 고등학생 때 좋아하던 여자 애가 있었는데 그 애도 그걸 샀어요. 저도 보니까 PMP를 갖고 싶었어요. 근데 애들은 40만 원 짜리를 사는데, 저는 16만 원짜리를 사주셨어요. 샀을 때는 너무 고마웠지만 열등감이 생겼어요.

내가 좋아하는 여자애는 비싼 PMP니까 똑같은 걸 사야 할 것 같은데 거기에 한참 못 미치는 거니까요. 좋아하는 사람을 두고 괜한 비교를 하면서 열등감도 생기고, 내가 과연 저 사람을 좋아할 자격이 있을까 하는 생각도 많이 했어요. 그래서 다른 친구와 상담했어요. 저는 어린 마음에 쟤는 PMP가 얼마인데 나는 이래서 쟤한테 과연 다가갈 수 있을까, 걔를 좋아하니까 똑같은 위치에 있고 싶다고 얘기했어요. 그런데 그게 소문이 나서 안 좋게 비춰졌을지도 모르겠어요.

친구들하고 잘 지내지는 못한 것 같아요. 물론 소수 친구하고는 잘 지내고, 겉으로 봤을 때도 여러 친구들과 잘 지낸 것처럼 보일 수 있어요. 근데 여유롭지 못한 것에서 오는 열등감도 있고, 비교를 되게 많이 했어요. 스스로를 사랑하지 못했어요. 남들보다 어떻게 해서 잘 보여야겠다는 생각이 강했어요. 그러다 보니까 굉장히 예민했어요. 제가 가진 고유의 성격이 있는데도 불구하고 다르게 행동했어요. 제가 기분이 나쁘면 친구들이 알아줄 때까지 기분 안 좋게 있었어요. 그런 상태에서 친구나 여자애들이 먼저 다가와서 말 한 마디라도 걸어주면 풀렸어요. 지금은 안 그러는데 정말 안 좋은 행동이었어요.

고등학교 때 떡볶이를 사먹는 것조차 부담스러웠어요. 친구 만나는 것도 그렇고요. 그 나이 때부터 그래야 했던 게 심각했어요. 저도 먹고 싶은 거를 친구들과 먹으면서 얘기도 나누고, 영화도 보고 싶었어요. 근데 영화 보러 가는데 만 원 하잖아요. 친구들하고 여행을 가더라도 옷을 사야 하잖아요. 그러려면 용돈을 달라고 해야 하는데 그게 힘들었어요. 돈이 없어서 공부를 못 하는 것보다 다른 외적인 것들로 인해 마음이 안 좋았어요.

공부는 열심히 안 했어요. 서당 개 삼 년이면 풍월을 읊는다고 하잖아요. 어떤 환경에 있어서 흉내만 내는 느낌이었어요. 그냥 주변 환경에 물들어서 뭐라도 했어요. 그저 구색만 갖춘 거예요. 다른 애들은 벌써 자리를 잡았고, 아니면 본인이 원하는 거 하면서 살아가고 있거든요. 그런 애들은 불만이 없어요. 저는 정말 뼈 빠지게 노력했나 생각하면 그건 아닌 것 같아요.

학생회장을 했던 경험은 안 좋은 경험으로 남아 있어요. 해보니까 경제력이 뒷받침 되어야 하더라고요. 경기도권 학교의 학생회장들이 모이는 모임에 가보니까 사람들이 활동도 많이 하고, 용돈도 많아야 했어요. 이게 수준 차이도 차이인데, 경제적인 얘기를 들었어요. 그러고 나니 이 자리에 괜히 욕심을 부려서 올라왔다는 생각을 정말 많이 했어요. 다른 애들이 했으면 본인 역량이나 학교를 키우는데 조금 더 도움이 됐을 텐데 하는 생각을 지금도 가끔 해요. 반장도 했었는데 그것도 제가 좀 주제넘었다고 생각해요.

물론 돈이 없으면 자격이 없다는 이야기가 아니에요. 적극성이 있으면 상관없다고 생각하는데 전 딱히 그런 것도 아니었어요. 그냥 위치 하나만 보고 하려고 했어요. 좀 어렸던 것 같아요.

이타적으로 생각하지 못하고, 어떻게든 하고 싶은 게 있으면 욕심 때문에 책임까지 생각하지 못하고 억지로 했어요. 목표였다기보다는 수집을 한 거에요. 시간이 지나고 보니까 그 시절이 즐겁기도 했는데 겉돌면서 산 것 같더라고요.

자판 : 언제 고립감을 느꼈나요?

석태풍 : 어렸을 때 초등학교 3학년이면 방학 때 다 놀잖아요. 근데 저는 농약을 뿌리고, 못 한다고 욕먹고 그랬어요. 저보다 두 살 어린 동생도 같이 하고요. 지금 생각해 보면 이해는 하면서도 그런 거는 좀 잘못됐다고 생각해요. 집에서 벗어나고 싶다는 생각도 했어요. 지치기도 하고, 내 꿈을 쫓아가야겠다고 생각했어요. 이제 좀 나가겠다는 생각을 많이 해요. 집에 붙어있으면 안 좋은 것 같아요. 오늘 카페에서 인터뷰를 하잖아요. 카페에 나온 사람들을 보면 닮아야겠다는 생각도 들어요. 이렇게 나와서 공부하면 집중이 잘 될 것 같다고 생각해요.

가족의 형편을 알았을 때부터 지금까지 쭉 고립감을 느껴요. 그 순간에도 친구들하고 같이 성장하잖아요. 모든 근본적인 원인은 그 부분이라고 생각할 수밖에 없어요. 같이 노력했는데, 누구는 잘 되는 걸 보면 경제적인 뒷받침이 있거든요. 대부분

친구들이 동네에 사니까 눈치를 봐요. 부모님도 그렇고요. 왠지 우리가 하인이 된 느낌이에요. 돈이 없으면 지위가 낮다고 생각하고, 자식들마저도 무시당해요. 어렸을 때 한 여자애를 좋아해서 우편함에 초콜릿 하나를 갖다 줬어요. 근데 나중에 소문이 나서 저 집 애가 우리 딸을 좋아한다고 뒤에서 그렇게 흉을 봤대요. 무슨 대역죄인인 줄 알았어요.

좋아하는 사람이 있으면 좋아하는 마음만 가질 게 아니라 표현을 해서 다음 단계로 나가야 하잖아요. 그런데 사귀자고 못해요. 학생인데 어떻게 돈을 벌어요. 알바 할 시간도 없고, 할 곳도 없고요. 그러니 뭐 하나 사주는 것조차도 부담스러워요. 친구가 놀러 와서 같이 빵을 먹자고 했는데 돈이 없으니까 못 나가요. 대학교 때도 그랬어요. 공장 알바를 하면서 용돈을 벌어 쓰는데 혼자 생활하기에도 부족해요. 그런데 다른 과에서 한번 만나자고 연락 온 애가 있어요. 근데 그것도 미안하다고 하고 거절했어요.

계속 비교가 됐어요. 어떤 친구는 돈 쓰는데 스스럼이 없으니까 교우관계도 넓어질 수밖에 없고, 그에 비해서 저는 위축되니까요. 다른 사람들이 그렇게 생각을 안 해도 제가 그렇게 생각하는 순간 그 인식이 머릿속에 박혀요. 소심해지고, 걱정이 많아지고, 자신감도 떨어지고요. 그래도 사람들과 어울리려고 했어요. 얻어먹는 데에 눈치가 없었어요. 양심이 없었던 걸 수도 있고, 철판 깐 것이기도 하고요. 성격대로 하긴 했는데 예전으로 돌아가서 그렇게 하라고 그러면 못 할 것 같아요.

고등학교 때 친구와 떡볶이를 사먹고 집에 걸어간 적도 많아요. 물론 친구와 걸어가는 길이 너무 재밌기도 했지만 제가 아껴야겠다고 생각해서 걸어간 적도 많아요. 그렇게 아끼면서 살다 보니 어떨 때는 어울리고, 어떨 때는 안 어울리니까 친구들이 뭐라 해요. 대학교 때도 그랬어요. 제발 우리가 같은 마음인 거를 확인시켜 달라고요. 전 그게 무슨 말인지 아직도 잘 모르겠어요. 술 먹으러 갈 때 가끔씩 빠졌어요. 애들 입장에서는 얄밉기도 하고, 소속감이 없어 보이잖아요. 그래서 속마음을 모르겠다는 얘기도 많이 들었어요. 중고등학교 친구들은 원래 그런 애라고 이해를 해주지만 대학교는 그렇지 않더라고요.

환경을 떠나서 같은 선상에서 출발하면 출중할 사람이 엄청 많아요. 걸어가는데 옆에서 킥보드 타고, 자동차 타면서 그 순간을 아무렇지 않게 지나가는 애들에 비해 힘겹게 겨우 가는 애들은 억울하죠. 내가 저랬다면 훨씬 더 여유 있었을 거라고 생각해요. 또 잘나가는 친구들이 엄청나게 무시를 해요. 그렇지 않은 친구들도 많은데 당연하게 생각하는 친구가 많아요.

또 수험 생활을 할 때 돈이 없었어요. 수중에 딱 200만 원 있었거든요. 그거 가지고 1년을 버텨야 해요. 마당 앞에 세워져 있는 자동차를 보고 유지비를 생각하면 무서운 거예요. 너무 부담스럽고 무서워서 울었던 적이 있어요. 지금이야 돈을 벌어서 뭔가를 할 수 있겠지만 못 버는 순간 분명히 오잖아요. 그래서 소비를 하는 게 두려워요. 그게 나중에 다 돌아오잖아요. 그러니까 도전적이지 못하고, 사람 만나는 데 있어서도 어려워하고요.

시험을 준비하다 보니까 사람이 예민해져요. 작은 말 하나에도 감정적으로 심하게 타격받으니까 예민하게 반응하고, 내로남불 할 때도 많았어요. 괜히 예민하니까 내가 했던 잘못을 상대가 똑같이 했는데도 불구하고 엄청 뭐라 하고, 남을 이해할 여유도 없었고요. 이 과정에서 전체적으로 저를 발전시켰지만 어떻게 보면 좀 고독하기도 하고, 사람도 많이 떠났어요.

지금도 친구들을 많이 못 만나요. 여자친구만 보는 편이에요. 정상적인 틀에서 많이 벗어났어요. 한두 시간 정도는 나갈 수 있어요. 그럴 수 있는데 수험생이라는 타이틀이 있으면 머릿속으로 혼란이 와요. 그래서 지금 결혼을 앞두고 있는데 친구를 부르는 것도 미안해요. 많이 왕래도 없는데 이렇게 불러도 되는 걸까? 이런 생각도 양심적으로 들고요.

예전에는 경제적 자유를 찾으면 다른 사람들과 똑같이 살 수 있다고 생각했어요. 그런데 계속 실패하다 보니까 내가 할 수 있을까, 현재 가진 것에서 만족할까 하는 생각도 들어요. 우리 나라에서 저와 비슷한 사람이 많은데 심각성을 모르는 것 같아요. 저는 운이 좋게 대비했다고 생각하고, 어떤 사람들은 알면서도 어떻게든 되겠지 생각하는 사람도 있을 것 같아요. 저 같은 상황임에도 대비책을 안 세울 수도 있어요. 욕심이 없으면 상관없어요. 저는 욕심이 정말 많아요. 저처럼 욕심이 많은데 괴리가 좁혀지지 않으면 못 살아요. 저도 제가 무서워요. 그래서 괴리감을 좁혀야 하는데 그러지 못하면 몸에 밧줄을 수백 개, 수천 개를 묶기 시작해요. 쫓아가야 하는데 쫓아가지 못하면 늙어 죽을 때까지 그렇게 사는 거예요.

제가 고립청년하고 다르다고 할 수 있어요. 그런데 〈포켓몬스터〉를 보면 꼬북이, 어니부기, 거북왕이 있잖아요. 형체만 커졌을 뿐 같은 계통이잖아요. 그냥 저는 돈을 조금 벌고 있고요. 목표 사이에서 절망하고 있는 것은 어떻게 보면 똑같아요. 원인도 일맥상통하다고 봐요. 저는 실패를 반복해서 겪다 보니까 그 실패에 꼬집혀도 덜 아픈 수준인 거죠. 아픈 건 똑같아요. 그래도 웃으면서 말할 수 있을 정도로 상처가 아문 거죠.

자판 : 고립감을 느끼는 원인이 무엇인가요?

석태풍 : 태어난 환경에 의한 고립, 스스로 만든 고립 두 가지로 생각해요. 환경에 의한 고립은 집안이 가난하니까 친구를 못 만나는 경우예요. 내가 어느 정도 돈이 있고, 어떤 옷을 입어야 나간다는 선이 있겠죠. 저는 그게 딱히 높은 사람은 아니거든요. 그냥 예쁜 티셔츠에 예쁜 바지 정도 살 수 있는 정도요. 그것조차도 사기 부담스러워서 엄마 티셔츠를 입고 나간 적도 있어요. 그러다 보니까 친구를 만나기가 어렵고, 그렇게 단절이 되니까 친구들끼리 공유되는 이야기를 듣기도 힘들었어요. 당시에는 그런 이야기들이 굉장히 중요하잖아요. 친구들도 그저 저를 집에만 있는 사람으로 생각했어요.

스스로 만든 고립은 제 선택으로 인한 고립이에요. 제가 강원대를 갔다가 반수를 했는데, 반수를 안 하고 강원대를 다녔어도 됐을 것 같아요. 그냥 남들이 체대에 가니 멋있어 보이고, 가는 것도 쉬워 보여서 준비했는데 결국 안 됐죠. 그리고 신흥대학교를 들어갔는데 내신으로 들어간 거고, 그 6개월 동안 정말 노력한 게 하나도 없어요. 매일 집에서 먹고 자는 것에 반복이었어요. 지금도 시험을 준비하면서 한 달에 한 번 정도는 친구를 만날 수도 있는 건데 시험이라는 틀 안에 갇혀 못 만나고 있어요.

일기를 쓴 것도 마찬가지예요. 시간을 낭비하지 말아야 한다는 강박이 있으니까 남는 시간에 일기를 쓰고 있는 거예요. 다른 사람과 놀 수도 있고, 가족들이랑 소통을 할 수 있을 텐데 말이에요. 사이드 프로젝트를 많이 하는 건 메인 프로젝트를 이루지 못한 데서 오는 박탈감을 소소하게라도 채우려는 것도 있어요. 근데 쓸데없는 일을 많이 한다는 평가도 받아요. 저도 이제는 힘들어서 안 하려고 해요.

친구를 마음 편하게 만나는 시간이 많지 않아요. 그럼에도 불구하고 곁에 있어준 친구들이 신기해요. 어떻게 보면 제가 되게 계산적으로 보일 수도 있어요. 의도적으로 뭔가를 하는 것처럼 보여서 얄밉기도 하고요. 나이가 들어서 같이 안 논다고 할 수도 있잖아요. 그런데도 불구하고 끝끝내 연락 해주고, 어디 갈 때 같이 가자고 하는 사람들도 있고, 밥도 사주는 사람도 있는 거 보면 신기해요. 옛날에는 당연하다고 생각했는데 지금은 너무 고마워요.

게으름도 한 몫 한다고 생각해요. 사회적인 것도 고려를 할 수밖에 없잖아요. 결국은 제 잘못인 것 같아요. 기회도 있고, 시간도 있는데 전 그 시간에 게임하고, 잠자면서 목표를 향해서 노력을 안 했어요. 가진 목표는 높은데 그에 비해 성취에 대한 괴리감을 느껴요. 처음에는 제가 게으르지 않다고 생각했어요. 그런데 어느 순간 안 되겠다 싶어요. 스스로를 컨트롤하지 못할 때 무력감을 느껴요. 요새 좀 많이 느끼고요. 그걸 번아웃이라

할 수도 있겠죠. 번아웃과 게으름 사이에 무언가. 그걸 통제하고 싶은데 통제하기가 어려워요.

만약에 시험에 합격해서 직업적인 안정을 갖는다고 하더라도 분명 고민할 거예요. 적응 못해서 그만둘 위기에 있거나 아니면 언제 잘릴지 모른다고 생각하면 고립될 것 같아요. 이게 끝인 줄 알았는데 또 다른 고립의 시작일까 봐 무서워요. 사회적 위치가 하락하거나 하락할 위기에 놓일 때 고립감을 느끼겠죠.

자판 : 고립감을 어떻게 해소하나요?

석태풍 : 정서적 교류를 하는 친구 두 명 있어요. 한 명은 중학교 때 알게 된 친구인데 고등학교도 같아서 대화를 많이 나누다보니까 친해졌어요. 그 시절에 너무 소중한 것들을 같이 나눴기 때문에 이제 그만한 사이의 친구가 사회에 나와서는 없어요. 다른 한 친구도 중학교 때 알았는데 얘기도 잘 들어주고, 공감도 잘해주고요. 힘든 일들이 있을 때마다 매일 전화하면서 피해를 주긴 했지만 저도 사람인데 의지를 해야 했어요.

여자친구는 사귄 지 7년 됐어요. 기본적으로 옆에서 큰 힘이 되는 친구지만, 기대에 부응해 줘야 하는 것도 있어요. 근데 계속 실망을 시키는 것 같아요. 여자친구는 걱정이 많고, 부정적인 생각도 많고, 남 눈치 많이 보고, 시선을 많이 고려해요. 너무 FM이라서 본인이 본인을 힘들게 해요. 똑같은 사람끼리 만나긴 했어요. 둘 다 결이 좀 부정적이니까요. 그래도 뒤돌아서면 잘 까먹어요. 같이 있으면 대화를 하루 종일 해요. 데이트를 하면 목이 쉬어서 돌아가는 경우가 많고, 1분이라도 대화를 쉬면 말이 안 된다고 생각이 들 정도에요.

혼자 드라이브를 하거나 출퇴근에 생각도 많이 해요. 그렇게 미래에 대한 생각을 많이 하는 게 좋아요. 그런데 그런 것도 강박이 되니까 때로는 게임하고 TV를 보면서 쉬어요.

자판 : 고립청년에 관해 어떻게 생각하나요?

석태풍 : 고립에 빠졌다면 작은 실천을 하는 것이 중요해요. 예를 들면 달리기를 30분 한다든지 아니면 걷기를 하는 것으로 정신을 맑게 해주고, 그 정신력을 바탕으로 생산적인 하루를 만들어 가는 거에요. 그게 처음에는 모르는데 그런 것들이 하루하루 쌓여서 몇 년이 지나면 긍정적인 요인으로 이어져요. 그렇게 성과물이 하나 둘씩 생기다 보면 자연스럽게 벗어나져요. 요즘 트렌드가 그런 것 같아요. 저도 이런 틀을 갖고 살아가려고 해요.

근데 그런 과정에 있어서 나 자신으로부터 진다든지, 무기력이 너무 반복된다든지, 중간에 생기는 방해 요소들이 많아지면 계속 고립될 수밖에 없다고 생각해요. 그래서 어느 정도 개인이 숙고하고 심각성을 깨달은 다음에 노력해야 할 필요가 있다고 생각해요. 근데 저도 아직 못 하고 있어요.

환경에 의해 고립되는 경우는 간혹 있어요. 그 환경 때문에 엄청난 희생을 해야 한다든지 하는 경우도 요즘 세상에 많아요. 예를 들면 한 학생이 가정을 책임져야 한다든지, 아니면 아픈 사람이 있다든지 말이에요. 그런 부분에 있어서는 극복하라고 하고 싶지 않아요. 환경으로부터 압도당했을 때는 방법이 없다고 생각해요. 환경은 거의 가족과 관련되어 있다고 생각해요. 저 역시 안 좋은 가정환경에서 자라났고, 혹시라도 그런 환경을 물려줄 수도 있는 거죠. 결혼을 앞두고 있지만 아이를 안 낳기로 한 것도 그런 이유에서에요.

모든 고립은 가족에서부터 발생한다고 생각해요. 여자친구도 어린 시절에 아버지가 너무 고지식하고, 강압적인 분이었어요. 한 번은 친구들하고 놀러 갔는데 늦게 들어온다고 집에 있는 옷을 다 태워버렸대요. 그런 얘기를 들으면 결국 가족이 문제에요. 물론 가족이 다 나쁜 면만 있는 건 아니에요. 근데 왜 그런지 모르게 어떤 값들이 이런 결과를 만들었다고 생각해요.

본인의 의지로 상위 단계로 갈 수 있어요. 〈나는 솔로〉만 봐도 어려운 상황에서 열심히 공부해서 좋은 직업을 가진 출연진이 있잖아요. 방법은 다양해요. 그러니 못 한다고 할 수가 없어요. 그렇지만 정신적인 성장은 높이 올라갈 수 없다고 생각해요. 주변 환경이 받쳐주는 사람들에 비하면 올라가기 어려워요. 사람이니까 과거의 기억을 지울 수 없잖아요. 그래서 요즘은 부모님들이 힘겨움조차 아예 안 새겨주려고 노력하잖아요.

직장에서도 일은 하지만 본인이 만든 세상에 갇혀 빠져나오지 못하는 사람들도 있어요. 본인이 노력하는데도 불구하고 운이 따라주질 않아서 고립 생활을 하는 친구들도 있고요. 고립청년에 대해 생각은 딱히 안 해봤어요. 아직 젊잖아요. 근데 시간이 지나면 확연히 드러날 것 같아요. 그때가 되면 친구나 주변 사람이나 되게 무관심할 것 같아요. 죽을 때까지 그렇게 흘러가는 거잖아요. 그러면 안타깝고 슬프죠. 저도 그런 것들이 너무 무서워요. 주변에도 그런 사람이 있다고 들으면 부모들은 내 자식은 안 그렇다고 안심해요. 그럴수록 오히려 저는 더 불안해요. 내가 조금이라도 그런 상황에 빠지면 아주 억장이 무너지겠구나 싶거든요. 근데 제가 그렇게 안 된다는 법이 없거든요.

저와 같은 공시생이라면 시험으로 잃을 수 있는 게 많아서 명분이 중요해요. 공시생활을 2년 하고 그만두는 게 맞을 수도 있지만 저는 믿을 만한 게 있었어요. 방사선사라는 면허가 있었고, 이 경력을 계속 살리면서 일을 하면 경력이 쌓이잖아요. 제가 준비한 직렬은 나중에 합격하기만 하면 제가 쌓은 경력이 산입돼요. 그런 조건들이 있으면 다 챙기라고 하고 싶어요. 막연하게 올인 하는 시대는 아닌 것 같아요. 본인을 진단하고, 조건을 잘 파악해서 달려드는 게 좋지 않을까 생각해요.

"할 수 있습니다.", "더 도전하세요." 같은 말은 하고 싶지 않아요. 현실을 잘 고려해서 본인이 실패해도 크게 리스크를 떠안지 않는 선에서 시험을 준비하라고 하고 싶어요. 그렇게 준비하면 시간이 오래 걸린다거나 안 될 수도 있다고 얘기하는데 준비해 보니까 본인 의지만 있으면 충분히 가능해요. 경험이 쌓여서 그런지 몰라도 매일 간절하게 공부하지 않았어요. 스타크래프트도 많이 했어요. 그랬는데도 평균 80 가까이 나올 수 있었고요. 리스크를 많이 껴안지 않고 좀 약삭빠르게 행동하면 좋지 않나 생각해요.

환경이 받쳐주지도 않고, 딱히 뭔가 대비되지 않은 상태에서 무모하게 돈 몇 백 가지고 몇 년씩 준비하면 최악으로 경력도 없고, 나이는 나이대로 들고 계속 아깝게 떨어지니까 전업으로 매달리게 돼요. 그것만큼 무모한 게 없어요. 차라리 그 시간에 하고 싶은 걸 했으면 상관이 없는데 그런 것도 아니잖아요. 그 모든 것들이 나중에 자신을 공격해요. 그러면 극단적 선택으로 이어질 수 있어요. 그렇게 되지 않기 위해서 절대 무모하게 도전하라고 싶지 않아요.

제가 요새 느끼는 거는 어느 정도 정보를 갖고 있으면 그거를 신뢰하고, 의심하지 말고 꾸준히 하면 무조건 된다는 거예요. 근데 남의 것을 더 크게 생각하고, 환경이 불리하다 생각해서 욕심을 부리다가는 다 놓쳐요. 내가 가진 패가 아무리 불리해 보여도 노력하는 한 기회는 반드시 오고, 그 결과는 절대 배신하지 않아요. 이거 하나는 정말 확신해요.

정별하,
우울증에 대한
이해가 필요해요

자판 : 정별하님은 어떤 분인가요?

정별하 : 어릴 때부터 외향적이어서 나서는 거 좋아했어요. 춤, 노래도 좋아해요. 그런 거 하면 어른들이 칭찬하잖아요. 공부도 잘했고요. 최근에 〈라디오스타〉에 여에스더 씨가 나왔어요. 그분이 우울증이라서 우울증 약을 먹는데 우울증은 병이고, 명랑한 건 성격이라고 얘기를 하는 거예요. 저도 그 딜레마에 있었거든요. 다들 저와 얘기를 하면 우울증이 아닌 것 같다는 말을 많이 했어요. 저도 우울증과 지병은 갖고 있는데 타고난 성격이 명랑한 거죠.

이상형은 저랑 잘 맞고, 저에 대해서 잘 아는 사람이에요. 예를 들어 내가 화를 내면 사람들 많으니 창피하니까 화내지 말라고 말하는 사람이 아니라 왜 내가 그렇게 말하고, 행동하는지를 아는 사람이요.

기독교 집안에서 자라고, 계속 교회를 다녔기 때문에 주변에 비혼주의자들은 거의 없어요. 애 안 낳는 사람도 없어요. 결혼하면 무조건 애를 낳아요. 여자의 경우 나이가 서른이 넘었으면 애부터 낳아요. 결혼하면 얼마 안 돼서 임신했다는 소식이 들리고, 보통 두 명 이상 낳아요. 물론 여기에 있는 사람들은 벌이가 좀 괜찮기도 해요. 그걸 떠나 당연히 애를 낳아야 한다고 생각해요. 결혼이랑 출산을 안 하겠다는 거는 사회의 근간, 국가의 근간을 무너뜨리는 거거든요. 그렇다고 비혼주의자한테 결혼을 하라고 강요할 생각은 없어요. 그렇지만 결혼은 당연히 해야 하는 거고, 난임이나 불임이 아니면 애도 낳아야 한다고 생각해요.

저는 부천에서 평생 살 생각이에요. 아니면 부산이요. 부산이 제 외가 고향이기도 해요. 그 두 군데 말고는 인천에서 살아봤는데 인천보다 부천이 훨씬 살기 좋아요. 서울은 사람이 많고, 문제도 많고, 너무 각박해요. 그래서 정말 살고 싶지 않고요. 부천은 제가 다니는 대학병원이 가까이 있고, 민원 처리도 확실하게 해주고, 학교도 나쁘지 않고요. 애초에 여기로 온 게 인천에서 중학교를 나왔는데 인천에는 여고밖에 갈 데가 없었어요. 심지어 멀었고요. 그래서 도저히 안 되겠다, 남녀 공학을 다니고 싶다 해서 부천으로 이사 온 거예요.

자판 : 요즘은 어떤 일을 하나요?

정별하 : 엄마가 추천해줘서 지역아동센터에서 애들 가르치는 봉사를 하고 있어요. 이전에는 자원봉사를 전혀 안했는데 머리를 쓰는 거라 잘할 수 있고, 좋아하는 일이었어요.

초등학생을 가르치고, 중학생은 몇 명 없어요. 그런데 중3인 애가 마음잡고 공부를 하겠다고 해서 중학생 수학을 가르칠 수 있는 사람은 저밖에 없으니까 일대일로 가르치고 있어요. 학창 시절부터 친구들을 가르쳐주는 걸 좋아했어요. 선생님이 꿈이 었고, 가르치는 재능이 있어 어려움은 없어요.

최근에 니트컴퍼니 13기에 참여했어요. 2년 전부터 알고 있 었는데, 계속 프로그램을 하고 있는 거예요. 그런데 모집 기간 을 놓쳐서 못하다가 이번에 처음으로 모집 기간에 소식을 보고 바로 신청했어요. 니트컴퍼니는 무업 상태인 청년들이 모여서 가상으로 출퇴근을 하고, 매일 업무 인증을 하는 곳이에요. 거 기서 업무라고 칭하니까 귀찮고 힘들어도 하게 돼요. 또 강아지 산책을 하고 있어요. 강아지 이름이 하랑이에요. 하랑이 산책을 월수금 하고 있어요.

니트컴퍼니가 끝나고 돌아보니 100일 동안 주말을 빼고 60일 인증을 해야 했는데 58일을 했더라고요. 두 번을 아예 까먹었었 나 봐요. 좀 더 길었으면 좋겠다는 아쉬움이 있지만 만족해요. 니트컴퍼니에서 〈우리 같이 놀아요〉라는 사내클럽을 운영했 었어요. 이름 그대로 모여서 건전하고, 즐겁고, 신나게 노는 거 였어요. 첫 만남이 나쁘지는 않았는데 그 후로 못 모였어요. 취 지는 노는 거였는데, 그래도 첫 만남이니까 카페에서 얘기를 했어요. 어떤 분이 재미없는 얘기를 계속 하는데 나머지 사람들이 그냥 들어야 했어요. 저도 그날따라 대화 소재가 생각이 안 나는 거예요.

그 후로 후속 모임에 대한 계획이 있었는데 사람들이 자꾸 시간이 안 된대요. 시간이 안 된다는 게 우선순위에서 밀린 거잖아요. 모임에 오려면 본인 마음이 가장 중요한 건데 결국 마지막 모임도 파토가 나고 끝났어요. 그렇다고 사이가 나쁘거나, 서로 싸운 건 전혀 아니었어요. 그냥 처음부터 아예 재밌게 놀았으면 차라리 낫지 않았을까 싶어요.

니트컴퍼니를 하면서 출퇴근 인증을 하는 게 좋았어요. 직장인의 삶이 맞는 사람은 아니지만요. 아동센터에 있다가 퇴근을 까먹어도 갑자기 생각나기도 하고요. 무엇보다 일찍 일어나게 됐어요. 원래는 10~12시에 일어났는데 요즘에는 9시면 일어나요.

그래서 제일 못할 것 같았던 아침 운동을 시작했어요. 아침에 필라테스를 하고 있어요. 저녁 시간대는 직장인들도 있어서 사람이 많잖아요. 그건 피하고 싶었어요. 그렇다고 내가 아침에 갈 수 있을까 했거든요. 그런데 이제는 가요. 내일도 10시 반으로 예약했어요.

모태신앙이라 평생 교회를 다녔고, 크리스쳔으로 살았는데 큰 사건이 하나 있어서 아예 끊고 2년 동안 안 나갔어요. 지금은 사건이 있었던 곳 말고 그 이전에 다녔던 곳을 다니고 있어요. 지금 가는 교회는 대학 시절을 보냈던 곳인데 10년 만에 돌아가서 다시 예배드리고, 소모임도 하고 있어요. 예배드리고 나서 나와서 모임을 해요. 모임은 제 인생에서 항상 하던 거라 다시 거기에 돌아가고 싶었고, 사건으로 상처받았던 기억이 같은 장소에서 회복될 거라고 생각해요.

자판 : 이전에는 무슨 일을 했나요?

정별하 : 원래는 스타일 컨설팅이라는 일을 했어요. 스타일리스트들은 보통 연예인이나 유명인들이 나오는 드라마나 예능, 광고, 영화 촬영에 들어가는 사람인데, 저는 일반인을 대상으로 스타일을 컨설팅해주는 사람이에요. 퍼스널 쇼퍼의 확장형이라 생각하시면 돼요. 컨설팅 전에 그 사람이 갖고 있는 옷 사진을 20장 정도 찍어서 보내라고 해서 어떤 아이템과 어떤 색상의 옷이 필요한지 훑어봐요. 직접 만나 컨설팅 할 땐 그 사람의 체형이나 이미지에 어떤 스타일이 어울리는지를 같이 대화하며 정해요. 그 후 같이 쇼핑을 하고, 매장에서 사지 못한 아이템은 온라인으로 골라서 링크를 보내주고 최종 스타일링을 해줘요.

스타일 컨설팅을 사람들이 많이 모르다 보니까 강의를 하려고 했어요. 강의는 여러 사람을 대상으로 하니까요. 월요일부터 사람을 모집하기 시작했는데 금요일에 대구 신천지 1차 대유행이 터지면서 코로나가 퍼지니까 시에서 무기한 연장을 하고, 여름에 해보자고 해서 강의 자료를 여름에 맞춰서 바꿨어요. 제 강의의 반 이상이 이미지인데 그걸 다 바꿨더니 또 가을로 연기되고, 코로나가 계속 터졌다가 사그라졌다가 그랬잖아요. 그렇게 왔다 갔다 하니까 어차피 이거는 안 될 것 같다고 생각해서 제가 먼저 발을 뺐어요. 실제로 다른 강의도 모두 열리지 않았어요.

그리고 생각보다 홍보가 안 되더라고요. 그때 남자들을 타깃으로 남자를 위한 옷 잘 입는 법을 강의하려고 했어요. 남자분들이 보면 분명 흥미와 관심이 생길 강의였거든요. 20대나 60대까지도 커버가 가능했는데, 대부분 40~60대 여성들이 많이 하세요. 그래서 담당 공무원이 사람이 많이 몰릴 줄 알고 좋은 장소를 정해줬어요. 근데 돈을 들여 광고하는 게 아니니까 사람들이 이걸 보고 할지 안 할지 결정하는 게 아니라 애초에 하는지 조차 모르는 거예요.

그 이전에는 이 아이디어를 갖고 창업 스쿨에 들어가서 팀을 만들어서 수료식 날 창업경진대회에서 1등을 했는데 팀이 와해 됐어요. 저 혼자 거의 일을 다 하고, 나머지 사람들은 자기 일로 바빴어요.

이 일을 다시 시작하려면 홍보가 가장 먼저인 것 같아요. 언젠가는 PT처럼 될 거라 생각하고 있어요. PT도 예전에는 돈 있는 사람이나 연예인들만 했는데, 요즘에는 다 하잖아요. 우리나라 사람들은 꾸미는 걸 좋아하니까요. 미래 전망은 참 좋은데 지금은 점조직으로 있어서 서로를 키워줄 수도 없고, 누가 누구를 가르쳐줄 수도 없고, 오로지 본인이 알아서 개척을 해야 하는 상황이에요.

사실 25살때 쇼핑몰을 했어요. 홈페이지를 구축해 주는 회사가 2개 있어요. 거기에서 포토샵을 배우기도 했어요. 20살 때부터 나름 열심히 오랫동안 준비했어요. 처음에는 순수하게 엄마가 투자해준 자본금으로 시작했는데 자본금이 워낙 적어서 나중에 더 끌어와야 했어요. 광고를 하니까 매출이 늘긴 느는데 매일 샘플을 들여와야 하고, 사이즈 재고, 모델 부르고 촬영해서 매일 상품이 업데이트가 돼야 했어요. 상품도 거래처에 주문해서 받으면 택배포장도 하고, 고객 전화도 받아야 하는데 이 모든 과정을 저 혼자 다 하려니까 힘들었어요.

처음에는 프리랜서한테 사진 촬영이랑 상세 페이지 편집을 맡겼는데 생각대로 일을 안 해주더라고요. 일단 직원이 아니기 때문에 제가 상사가 아니었어요. 얼굴 한번 안 보고 온라인으로만 전화를 주고받고, 일을 해주면 돈을 주는 식인데 자기한테 무슨 일이 생기면 갑자기 그만둬요. 결국 나중엔 저 혼자 다 하게 됐어요.

이걸 한 1년 반에서 2년 정도 했어요. 나름 1인 쇼핑몰으로서 공동 사무실에서 제일 오래 버텼는데 지병인 부정맥이 시술 완치한지 2년 만에 재발을 했어요. 그때부터는 거래처까지 못나가니까 물건이 안 들어오고 나라에서 대출을 받기도 했고요. 그렇다고 엄청나게 큰 빚을 진 건 아니에요. 아쉽기는 해요. 워낙 제가 좋아했던 일이었거든요.

옷을 좋아해서 일을 하고 싶으면 연예인 스타일리스트를 해도 되는데 제가 틀이 없고, 법을 어기는 걸 되게 싫어해요. 근데 그때 당시만 해도 연예인 코디들은 20~30만 원 받고, 밤샘 촬영이든, 야외든 지방이든 다 가야 하는 거예요.

그게 말이 안 되거든요. 도제식이라서 학교에서도 못 배우는 거를 현장에서 가르쳐준다고 해서 1년 넘게 일해도 백만 원 못 버는 경우가 허다해요. 요즘은 사정이 나아졌겠지만 3대 기획사에서 일하는 유명한 아이돌 스타일리스트도 팀으로 일하면 팀장이 돈을 받고 그걸 나눠주는데 팀원 수대로 돈을 주지 않아요. 그 자체가 노동법 위반이잖아요. 그래서 저는 4대 보험 해주는 데를 가려고 인터넷 쇼핑몰로 진로를 정했죠.

사실 제가 가장 잘 하는 일은 인재를 알아보고 그 인재한테 맞는 일을 주는 거예요. 전형적인 리더형인데 애초에 사람을 모으기가 힘들었어요.

자판 : 앞으로 하고 싶은 일이 있나요?

정별하 : 이 얘기는 어디서도 안 한 얘기인데 부천시 의원을 하고 싶었어요. 시의원부터 해서 시장까지 하는 거예요. 그런 꿈을 갖고 청년 정책 협의체를 시작했고, 강사로도 활동하려고 했는데 사건이 있고나서 내 미래를 위해서 지금의 나를 깎았다는 생각이 드는 거예요. 진짜 그렇게 살았어요. 대학에서 패션 공부를 하기도 했지만. 항상 부전공을 했거든요. 부전공으로 금융을 듣다가 법으로 바꿨어요. 법을 좋아하는 것도 있지만 나중에 국회의원이든 뭐든 하려면 법이 기본 아닌가 생각했어요.

스타일 컨설팅도 좋아하지만 꼭 패션에 국한되지 않고 김미경 같은 분처럼 여러 가지를 강의하면서 살고 싶어요. 최종 직업이나 목표가 그거죠. 사람들한테 많이 알려주고 싶어요. 나는 아는데 대다수가 놓치고 있는 것에 대해서요. 지금 저출산만 해도 당장 나 살기 힘들다고 그러는데 굳이 서울에 살고, 아파트에서 살아야 하는 건가 싶어요. 저는 평생 아파트에서 살아본 적이 없거든요. 10%의 사람이 말하는 게 모든 사람의 생각을 대변하고 있는 것처럼 같아요. 특히 인터넷이 심각해요.

자판 : 가족은 어떤 분들인가요?

정별하 : 역기능 가정에서 자랐어요. 보통 가정은 부모가 자식을 보호하고 책임지고, 자식은 부모를 따르는데 이게 완전히 역전된 가족이에요. 그래서 제가 자아효능감은 높은데 자아존중감이 낮아요.

친할아버지는 제가 한 달 됐을 때 돌아가셔서 친할머니만 계셨고, 아빠도 4남매, 엄마도 4남매에 두 분 다 장남, 장녀세요. 근데 장남, 장녀 역할은 전혀 못 하셨구요. 외가는 외할아버지, 외할머니 지금 다 살아계시고 외할아버지가 군무원이셨어서 엄마가 결혼하기 전엔 꼬박꼬박 월급을 타시는 분이었죠. 그 당시에 법대도 나오고 공부하는 거에 엄청 관심이 많으셔서 덕분에 4남매 다 대학을 갔고, 손주들이 다 공부 잘하는 편이예요.

사촌 동생들은 다 좋은 회사에 다니고 있어요. 직장인이긴 한데 아무 불만 없이 쭉 다녀요. 요즘 MZ세대가 퇴사를 많이 한다는데 우리 집안은 그런 게 없어요. 그게 너무 신기해요. 다들 취업 안 된다고 할 때 애들은 취업 턱턱 했어요.

아빠는 특수학교에서 역사 교사셨고, 엄마는 대학을 졸업하고 바로 아빠랑 결혼했어요. 외할아버지, 외할머니도 엄마한테 공부하라는 소리를 안 했어요. 가족이 기본적으로 공부하는 거를 좋아하고, 잘했어요. 저도 지적 호기심이 누구한테 왔냐 했더니 외할아버지한테서 왔더라고요. 부모님은 지금도 공부하는 거 좋아하세요. 그런데 두 분 다 현실 감각이 좀 떨어져요. 그래서 엄마, 아빠는 연구원이나 교수님을 했으면 어땠을까 생각해요. 평생 공부해서 돈을 벌 수 있는 직업을 했어야 했다고 생각해요.

엄마는 대학을 두 번 갔어요. 일단은 첫째니까 여상을 가라 해서 갔어요. 엄마는 공부하는 걸 좋아하는데 여상을 가니까 불만이 있어서 2년제 대학을 나오고, 다시 4년제 대학으로 음대를 갔어요. 그렇게 6년을 다녔죠. 오르간 파이프 전공이라 제가 어릴 땐 피아노 학원도 하셨어요.

엄마가 61년생인데 그 당시에 엄마보다 좀 더 나이 있으신 분들은 오빠나 남동생의 대학 등록금을 벌려고 다들 공장으로 일하러 가, 보통 초등학교나 중학교밖에 못 나왔는데 그런 것은 없었어요. 오히려 저보다 더 부자인 부모를 둔 엄마예요. 지금도 할머니, 할아버지는 노후 걱정이 없어요. 부자는 아니시지만 우리보다 잘 살아요.

둘 다 부산과 안동으로 경상도 집안인데 남아선호사상이 없는 진짜 기독교 집안이었어요. 엄마가 저를 낳았을 때 집안의 첫 손주였고, 첫 딸이었어요. 근데 더 낳지 않겠느냐 그런 얘기는 했어도 아들 안 낳았다고 뭐라는 사람이 아무도 없었어요. 엄마는 쿨하게 동생들 때문에 치여서 싫었으니까 애 하나만 낳았는데 딸이어서 잘 됐다고 했거든요. 그래서 무남독녀예요.

어릴 때는 워낙 과잉보호를 받아서 온실 속 화초인 줄 알았거든요. 그런데 "그런 엄마가 어딨냐."라고 하든가, "그래도 부모님이 널 사랑하실 거야."라고 말하는 애들이 정말 온실 속 화초인 걸 알았어요. 그렇게 말한다는 건 부모의 좋은 면만 보고 자랐다는 거거든요. 안 그런 부모가 세상에 얼마나 많은데요.

열 살까지 엄마, 아빠가 같이 살았는데 아빠의 가정폭력이 되게 심했어요. 폭언이 주를 이루고, 숨어있으면 문을 부쉈어요. 술도 안 마셨는데 그랬어요. 중매로 결혼했기 때문에 사랑은 없었어요. 아빠가 딸바보여서 저를 한 번도 때린 적이 없긴 해요. 지금은 다 큰 저랑 싸워요. 그래서 1년에 몇 번 연락을 안 해요. 그게 제일 나아요. 안 만나고 대화를 안 하면 문제는 안 생겨요.

열 살 이후부터 엄마랑 쭉 살고 있는데 엄마가 나약해요. 지금도 못 하나 못 박아요. 이번에 이사를 와가지고 벽걸이 선풍기를 이제야 달게 됐어요. 벽걸이 선풍기가 못 하나 박는다고 끝나는 게 아니잖아요. 벽을 뚫어서 고정을 시켜야 하잖아요. 저는 그거를 어떻게 할지 생각하고 있었어요. 그런데 엄마는 항상 남자한테 시켜야 된다고 생각해요. 그래서 아빠를 불렀어요.

이혼하고서도 아빠가 집을 오갔어요. 뭐가 고장 나거나, 이사를 할 때 무조건 아빠한테 도움을 요청하는 거예요. 저는 그러지 말라고 했거든요. 엄마가 아빠를 너무 많이 불러들였고, 그때마다 항상 싸우거든요. 왕래를 했는데 서류상으로 중2때 이혼을 했다는 사실을 알고 충격 먹었어요. 이혼하면 당연히 연을 끊고, 저와 아빠만 밖에서 만났어야 하는데 그런 게 없었으니까요. 지금 얘기하기로는 엄마는 그만큼 자신이 너무 힘들었대요.

아빠가 흥청망청 썼어요. IMF 전에 아파트라도 하나 사놓거나 하는 경제관념이 없어요. 투자 같은 것도 안 하고, 주식도 하나 없어요. 그런 거에 완전 무지하셨죠. 광역시에서 살았는데두요.

저는 좀 짜증났던 게 어떤 여자애가 자기가 되게 효녀인 것처럼 자기는 월급 받으면 부모님 다 드리고, 용돈을 받아서 쓰기 때문에 진짜 돈 없는 저를 봐줄 수 없다고 하더라구요. 부모라고 돈 관리를 다 잘하는 게 아닌데 말이에요. 항상 우리 집에서 제가 제일 현금이 많았어요. 모으는 걸 잘했거든요. 엄마, 아빠말 따라서 산 적이 한 번도 없어요.

진로에 대해 길잡이를 해 준 적도 없고, 집안의 큰일도 제가 정했어요. 어릴 때 이사 갈 때 제 의견이 가장 중요했어요. 보통 이사를 했던 이유가 제가 다니는 학교에 가까이 가려고 이사를 하는 거예요. 한번은 돈 때문에 어쩔 수 없이 이사를 해야 했는데 저는 중학교 들어간 지 1학기밖에 안 돼서 반대했어요. 그래서 책상이랑 받을 거 다 받고 갔죠. 억지로 끌려가는 스타일이 아니에요. 제 의견이 가장 중요해요.

그게 왜 시작됐냐면 제가 어렸을 때부터 엄마, 아빠가 항상 제 앞에서 싸웠거든요. 그게 제일 나쁜 거예요. 그래도 애가 있으니까 다른 데서 싸우자는 개념이 없어요. 그냥 무조건 화나면 거기가 백화점 한복판이어도 싸워요. 제 머리를 푸는 게 낫다, 묶는 게 낫다 그런 걸로 싸우기도 했고요. 그래서 항상 세 가족이 같이 외출했다가 엄마랑 저랑 둘이서 집에 돌아왔어요.

그러니까 엄마, 아빠 싸움에 안 끼어들 수가 없었어요. 엄마, 아빠가 싸우면 아빠가 힘이 세고, 크니까 엄마를 괴롭힌다 싶으면 제가 둘 사이에 꼈거든요. 그 사이에 껴서 아빠 손을 잡고 막아요. 그런 스타일이었어요. 제가 6살밖에 안 됐을 때 제 앞에서 싸우더니 둘 다 울면서 저한테 하소연을 하더라구요. 그때는 딸한테 부모라는 존재가 크잖아요. 충격이었죠. 그것 자체가 일단 부모로서의 모든 권위를 내려놓은 거죠. 좋은 권위는 있어야 하는데 그렇지 않았어요. 역할도 뒤바뀌었고, 책임을 같이 나눠가졌어요. 우리나라에서 애를 잘 키우려면 부모 교육이 의무적으로 있어야 한다고 생각해요.

제가 2012년도에 부정맥 시술을 받았는데 서울 아산병원에서 했거든요. 큰 병원이니까 진료의뢰서가 필요하잖아요. 아는 내과 선생님한테 가서 의사를 추천해 달라 하고, 심장내과 의사가 다시 서울 아산병원 교수에게 의뢰서를 써줬어요. 당시에는 지금 다니는 병원에서 절 볼 수 있는 부정맥 전문의가 없어서요. 그것부터해서 수술 날짜부터 정하는 것도 제가 혼자 다 정하고, 엄마, 아빠에게 통보했어요. 제가 성인이 되고선 제 심장 상태에 대해 잘 모르세요. 그러니 제가 알아서 다 하는 거죠. 지금은 더 해요. 제가 성인 되면서 물어보는 것도 많아졌고요.

양말 하나 사는 것도 저한테 전화가 와요. 오죽하면 제가 사업하고 있었을 때 일하고 있는데 전화가 와요. 오전이고 오후 상관하지 않고, 심지어 소개팅 중에도 집안일로 전화가 왔었어요. 자기네 일이 더 중요하대요. 너무 황당했어요. 보통 앞에서 받고 끊는데 그게 안 되니까 나갔다 온다고 하고 전화를 받았어요. 그거 말고도 엄마, 아빠가 친 사고가 많아요. 외가에서 갑자기 충격적인 통보를 해놓고 엄마는 전화 안 받고 잠수 타거든요. 그럼 외할아버지, 외할머니, 이모가 다 저한테 전화해요. 저도 출근해야 되는데 그러고 있어요.

제 성격이나 성향을 보고 너는 어떤 직업을 가지면 좋겠다든가, 진로라든지 전망이라든지 그런 걸 하나도 안 이끌어준 게 아쉬워요. 제가 아이큐가 상위 6% 안에 들거든요. 그 정도면 원하는 대학을 갈 수 있는 정도예요. 근데 학업을 일찍 그만뒀어요. 우울증이 심해서 그만뒀는데 공부하는 건 좋아했거든요. 그런 저를 잘 구슬려서 공부를 좀 더 시키거나, 차라리 유학을 보내주거나 했어야 하는데 그런 게 없었어요.

전 혼자 사는 거는 되게 싫어해요. 완전 외향적이라 사람한테 에너지를 얻거든요. 혼자 있으면 우울해져요. 그래서 저한테 안 좋은 영향을 주는 엄마지만 엄마 말고 같이 살 사람도 없고, 동생도 없고, 아빠랑 같이 살 수도 없고, 그렇다고 외할머니한테 내려가기에는 외할머니, 외할아버지는 너무 나이 드셨고요. 그래서 엄마와 같이 사는데 일반적인 엄마와 딸 사이는 아니고 같이 사는 룸메, 안 맞는 친척언니 같은 사이로 평생 같이 살았으니 끈끈하면서도 서로에게 가장 상처를 많이 줘요.

제가 밥을 잘 안 챙겨 먹어요. 어릴 때부터 밥 먹는 걸 안 좋아해서 엄마가 밥 들고 쫓아다녔거든요. 그만큼 밥에 진심인 사람이에요. 지난 주말에 식당을 갔는데 설렁탕을 덜 때 앞접시를 쓰잖아요. 그런데 플라스틱 앞접시를 주니까 환경 호르몬 때문에 쇠 그릇으로 바꿔달라고 했어요. 그 정도로 건강에 굉장히 관심이 많고, 건강기능식품 애호가예요. 그러면서 몸은 완전 골골거리거든요. 식품공학과 나왔다고 초등학교 6학년 때까지 과자를 아예 안 사줬어요. 과자가 몸에 안 좋은 거는 알지만 애한테 아예 못 먹게 하지는 않잖아요. 그런데 엄마는 더해서 컵라면은 전쟁 났을 때만 먹는 거라고 했어요. 그게 역반응을 일으켜가지고 지금은 군것질을 엄청 좋아해요.

저는 그게 너무 심했다고 생각해요. 오죽하면 엄마가 피아노 학원을 운영했을 때 저를 외할머니 집에 맡기고 데려오면 할머니한테 뭐 먹였는지 부터 물어볼 정도니까요. 우리 숙모 둘이 그때 형님이 너무 심했다고 얘기를 하더라고요. 그때 저도 엄마가 심했다는 것을 알았어요. 그와 동시에 조부모님 빼면 가장 어른인 엄마한테 이런 말을 숙모들이 할 수가 있나 하는 생각도 동시에 들었어요. 전 권위가 중요하거든요. 외가댁에서 비롯된 거 같은데 우리 집안에서는 저를 되게 아픈 손가락으로 봐요. 저한테 기대를 하지 않아요.

자판 : 10대 시절에 은둔형 외톨이로 지냈다고 했어요.

정별하 : 원하던 고등학교를 갔는데 그냥 이유 없이 갑자기 너무 힘든 거예요. 그 전에는 모범생이었어요. 힘든 일이 있으면 선생님한테 얘기해야 한다고 생각해서 교무실로 찾아가서 담임한테 얘기했어요. 선생님이 병원에 가라고 한 건지 모르겠는데 엄마를 호출했고, 신경정신과에 데려가서 우울증 판정을 받았어요. 그때는 약이 들을 나이도 아니에요. 원래 정신과 약은 만 24세가 넘어야지 듣기 시작하거든요.

그래서 그때 은둔을 하고, 시험 칠 때만 나갔던 것 같아요. 그러다 자퇴를 했어요. 그때는 잘 안 먹고, 밤낮이 뒤바뀌고, 거의 잘 씻지도 않아요. 보통 사람들은 매일 씻으려고 하잖아요. 씻기가 싫어서 그런 게 아니라 아예 씻을 에너지조차 없는 거예요. 은둔하는 건 그냥 집에 있는 게 아니에요. 그건 휴가처럼 좋은 거죠.

심하면 침대 밖을 아예 못 나가가요. 일본에서는 이미 은둔형 외톨이나 쓰레기 집이 우리나라에 기사 날 정도로 심하잖아요. 우리나라는 이제 문제가 되고 있어요. 그래도 세상이 많이 좋아졌다 생각이 드는 게 이제는 우울증이란 단어가 익숙하잖아요. 예전에는 우울증이란 단어 자체가 생소했어요. 그때가 2005년도였으니까요. 다행히 제 주변에 저 보고 왜 병원에 다니냐는 사람은 없었어요.

일주일에 한 번 교회만 나갔어요. 그 날만 인형처럼 제일 예쁜 옷 입고 아무렇지 않게 갔어요. 겉으로만 멀쩡하죠. 집에서는 잠만 자고, 스무 살 넘어서는 하고 싶은 단기 알바가 있으면 가끔 했어요. 기준도 없었어요. 단기 알바를 해야겠다는 생각이 들면 하는 거고, 끝나면 그냥 또 노는 거고요. 5~6년간의 은둔 시절은 사실 기억이 잘 안 나요. 그때 많은 교회 사람이 우리 집에 오고 그랬는데도 그게 잘 기억이 안 날 정도에요. 뇌가 너무 스트레스 받으면 그 기억을 지우잖아요.

그런데 그 와중에 동갑들이 대학교를 졸업하면 일을 할 거 아니에요. 그때까지만 이렇게 살자 생각했어요. 다른 사람은 대학을 졸업하고 24살부터 일을 할 거니까 저도 24살부터 구직 활동을 시작했어요. 나라에서 지원받으면서 학원을 다녔고, 포트폴리오를 만들었고, 부정맥 시술도 했어요. 심장 기능이 많이 안 좋기도 했지만 사회 생활 하는데 방해될 것 같았거든요.

자판 : 20년도에 큰 사건을 겪었다고요.

정별하 : 그때 다녔던 교회가 여의도에 있어요. 엘리트, 유학생들이 많기로 알려져 있는데, 다른 크리스천 청년들이 그렇게 생각한다는 건 좋은 건 아니죠. 안정적인 환경에서 공부 잘했

고, 어려운 일이 없었어요. 그렇게 나이를 먹은 애들이에요. 어떤 애는 하나님의 마음으로는 이해를 해야 하는데 솔직히 공감을 못 하겠다 하기도 했어요. 저까지 두 명 빼고 전부 개인주의자들인 모임도 해봤어요.

애초에 다들 직업이 괜찮았어요. 의사, 약사, 회계사, 고등학교 교사, 공무원 이런 식으로 저 빼고 다 직업이 좋은데 그렇다 하더라도 그렇게 성숙하지 못했어요. 제가 공감 능력이 높다는 걸 거기서 처음 알았어요.

99년도 초등학생 때 우연히 부정맥을 발견하고 지금도 약을 먹어요. 그때부터 대학병원을 다니고 남들과 다르게 살아서 아픈 사람들을 더 잘 이해하는 건 있어요. 그렇다고 내가 특별히 공감 능력이 되게 높다고 생각해 본 적이 거의 없는데 다른 사람들은 사람에 대해 이해를 잘 못하더라구요. 꼭 저의 어려움뿐만 아니라 다른 사람의 어려움도요.

교회는 내가 선택했지만 모임은 이미 만들어진 상태에서 사람들끼리 보는 거잖아요. 저는 그들이 힘들 때 얘기를 하면 조언이라든지 위로를 할 수 있어요. 그런데 상대방은 전혀 그렇게 못해요. 생각보다 교회에서 위로할 줄 아는 사람이 없어요.

소모임이 끈끈하지는 않았어요. 서로 예의를 차리고, 말도 안 놓는 사이였어요. 거기에 잘 안 오는 사람이 있었어요. 여의도

증권사에서 일을 하는 사람이었고, 그 사람이 좀 무례하다고 생각한 적은 있는데, 그 정도까지 개념이 없을 거라 생각을 못했어요. 제가 우울증 약을 먹는다는 이야기를 했는데 다른 사람은 제가 처음부터 얘기를 해서 이미 다 알고 있었거든요. 근데 그 사람이 모두가 있는 단톡방에서 '정신과 약이 몸에 안 좋다는데 노력과 의지로 끊을 거라 믿어요.'라는 거예요.

그런 식으로 말하는 사람을 한 번도 못 봤어요. 약 먹지 말라든가, 의지와 노력을 운운하는 거 말이에요. 우울증 환자한테 절대 하면 안 되는 말 1위를 싹 다 담아 하더라구요. 증권사에서 일했으면 동료 중에 우울증으로 자살한 사람도 있었을 텐데, 동료한테도 그렇게 생각했을 걸 떠올리니 끔찍했어요. 직장생활을 오래 했으면 상식이 있을 거라고 생각했는데 전혀 아니었어요.

그 뒤 모임장의 대처도 최악이었어요. 그때 리더한테 얘기했더니 상대방이 몰라서 그런 거니까 둘이 풀라고 이야기하는 거예요. 모임장과 성격은 굉장히 달랐지만 둘이서 얘기를 많이 했거든요. 근데 사람에 대한 이해가 없는 사람이었어요. 그래도 서로에 대해 깊은 대화를 나눴는데 꼬리자르기를 하니 되게 서운하고 화났어요. 그래서 울며불며 괴로운 시간을 보내고, 두 달 만에 단톡방에 얘기를 했어요. 원래 하려던 게 아니라 그 사람이 너무 별 거 아닌 톡을 올리는데 확 올라오더라구요.

그날 그 얘길 듣자마자 심장이 조이고, 일주일동안 발음이 샐 정도로 충격을 받았고, 지금까지 교회도 아예 못 나가고 있으니까 나한테 전화하라고 했어요. 그런데 그 사람은 아무 반응 없이 잠수를 타버렸고, 모임장은 그걸 바로 목사한테 이르더라구요. 목사는 처음부터 제가 상처 받은 것보다 모임의 유지를 걱정하며 화를 냈어요. 저는 오히려 사과를 받아야 하는 피해자인데, 오히려 단톡방에서 그런 일을 일으켰다고 사과를 하고 제가 나갔어요. 다들 비겁하고, 무지했죠.

그때 목사랑 통화를 하고 난 뒤 너무 스트레스 받으니까 일찍 잤어요. 아침에 일어나보니까 내가 목사랑 통화를 한 게 아니라 검사한테 취조를 당했구나 생각이 들더라구요. 정말 말꼬리 하나하나 물고 늘어지는데 그걸 녹음 못 한 게 한이에요.

그래서 이게 굉장히 큰일이라고 생각해요. 단순히 억울한 정도가 아니라 우울증 환자에게 해선 안 되는 말을 공개적으로 하고 사과도 없이 끝난 사회적 문제 같았어요. 그래서 객관적인 자료를 다 남겼어요. 주고받은 메일이라든지 단톡방 사건 처음부터 캡처를 다 해놨거든요. 이거는 얘기할 기회가 있다면 많은 사람 앞에서 얘기 하고, 인터뷰해서 알리고 싶었어요.

저도 상처를 받았는데 그 사람은 다른 사람한테도 그렇게 하겠다 싶었어요. 근데 자기의 잘못을 아예 몰라요. 그러니까 처음부터 끝까지 저한테 사과를 안 했어요. 사과를 받으려고 제 상담 선생님한테 물어봤어요. 사과를 받는 게 나중에 내 트라우마에 더 나을까 해서요. 그런데 그 사람을 설득시키는 데 더 힘이 들 거라고 했어요. 그 이후로 카톡을 아예 없앴어요. 2년 동안 교회도 안 가고, 다시 은둔형 외톨이가 되었어요.

이 이야기를 니트컴퍼니에서 모여서 이야기 했을 때 사람들 반응이 전부 다 어떻게 그럴 수 있냐고 했어요. 어디 가서 이 얘기를 하면 모두 그런 반응인데 그 상황에서 소모임의 다른 멤버들은 가만히 있었어요. 만약에 그 사람이 다른 사람에게 그런 얘기를 했으면 제가 가만히 안 있었을 거예요. 그런 말을 들으면 상처가 엄청 크잖아요. 어떤 사람이 나서서 "그렇게 말하면 안 돼요."라고 한 마디라도 했으면 제가 이렇게까지 상처를 안 받았을 거예요.

자판 : 미래에 다시 고립감을 느낀다면 어떤 이유일까요?

정별하 : 큰 사건이 있을 때요. 2020년 4월 20일 그때 이후로 생각을 많이 바꿨어요. 그전에는 저한테 오는 공격에 바로 반응을 못했어요. 너무 어이없고 당황해서 입을 다물었어요. 다른

사람이 막말을 들으면 바로 방어를 해주는데 막상 나 자신에게 오는 건 그게 안 되더라구요. 사건이 터졌을 때 내가 바로 받아쳐야 상처가 덜 되고 확실히 오래가지 않아요. 그걸 연습하기도 했는데 과연 될까 싶어요.

정신과 선생님이 시뮬레이션을 해보라는 얘기도 하셨어요. 연습을 하지 않으면 어떤 상황이 닥쳤을 때 내가 말문이 막히면 답이 없어요. 그때 아니라고 대꾸를 하면 저한테 튕겨 나가고, 상처도 덜 되더라고요.

그동안 왜 그렇게 못했냐면, 제가 거기서 받아쳤을 때 오히려 제가 욱하거나 이상한 사람처럼 비쳐질 수 있거든요. 그런 걸 걱정해서 그동안 못한 것도 있는데 이제는 그냥 하려고요.

주변에 든든한 사람이 있으면 고립되지 않아요. 무슨 일이 있을 때 당장 달려올 수 있는 사람이 필요해요. 그게 친구나 남편이면 제일 좋겠죠. 자존감이 높아서 상처받을 일이 있어도 빨리 회복하는 사람이 있는데 그걸 회복 탄력성이 좋다고 해요. 회복 탄력성이 낮으면 상처 받을 일이 생기면 세게 맞고 뒤로 확 넘어져서 일어나는데 굉장히 오래 걸려요.

부천정신보건센터 등록도 해봤어요. 한 달에 한 번 집에 방문하는 걸 했는데, 거기 있는 사람들도 전문가가 아니에요. 그냥 사회복지사 자격증을 딴 거라서 정신과에 대해서는 조금 배우고 그 자리에 앉아 있더라구요. 처음엔 간호사가 있어서 제가 먹는 약도 알아보셨는데 그 다음이 문제였어요.

언젠가 전화를 할 때 엄마가 뭐라고 해서 제가 소리를 질렀는데, 전화하던 담당 팀장이 엄마한테 소리 지르지 말라고 하는 거예요. 근데 그 소리가 '나는 전문가가 아니예요.'라는 소리와 같거든요. 우울증 환자가 소리를 지르든, 뭘 하든 그 상태에서 그걸 하면 안 된다고 가르치려드는 거 자체가 잘못된 거거든요. 그래서 그것도 그만뒀어요. 그런 담당하는 사람들 중에도 전문가가 있어야 할 것 같아요.

지금 다니는 교회에서 새가족반 할 때 정신보건센터에서 근무하는 간호사를 만나게 됐어요. 그 사람에게 물어봤더니 자기 말고는 다 전문 간호사가 아니라는 거예요. 이것부터가 잘못된 것 같아요.

자판 : 교류하는 사람은 누가 있나요?

정별하 : 정서적으로 교류하는 친구가 두 명 있어요. 한 명은 평범한 친구고, 한 명은 온라인으로 알게 된 친구인데 애니어그램 카페에서 만났어요. 저보다 한 살 어린데 서로 존댓말 쓰고, 무슨 일이 없어도 연락을 하는데 친구보다 만나는 횟수는 많아

요. 전시회 같은 거를 보러 가는 것도 좋아하니까 그때 만나요.

근데 이 분이 최근에 조울증이 심했어서 계속 약속을 연기하는 거예요. 그래서 올해 못 보기는 했는데, 그 전에는 일 년에 세 번씩은 봤어요. 지인이지만 친구보다 더 자주 봐요. 서로 생일 챙겨주고, 더 솔직하게 얘기를 해서 좋아요. 그 사람도 지병으로 대학병원을 다녀서 아프거나 약에 대해 얘기하는 거에 부담감이 없어요. 상태가 안 좋을 때 약을 먹으면 좋겠다고 속으로 생각했는데 저한테 병원 소개를 부탁해서 다니는 정신과도 소개시켜줘서 계속 인연을 맺고 있는 것 같아요. 병원 가라고 해도 안 가는 사람들은 저랑 안 맞더라고요.

상담 선생님을 알 게 된 건 3년 정도 됐어요. 범죄 피해자들도 상담해 주는 곳이에요. 제가 하고 싶은 말을 충분히 들어주셔서 1시간 넘게 할 때도 있어요. 엄마도 같이 하는데 제 편을 들어주시고, 저를 정확하게 잘 알아요.

물론 전문가니까 그럴 수도 있겠지만 일반적인 심리상담센터에서 만날 수 있는 사람이 아니에요. 박사 학위 있는 교수가 아니라 정말로 임상경험이 풍부한 사람이에요. 상담 심리사들이 절대 안하는 개인 번호를 오픈해서 언제든 전화로 상담하라고 하거든요.

20대 중반에 처음으로 정식 상담을 받을 때 엄마, 아빠도 상담을 받아야 하는데 둘 다 거부했어요. 엄마는 돈이 없다고 하고, 아빠는 상담 심리학 전공인 자기가 상담을 받냐고 했고요. 아빠는 상담 한 번 한 적이 없는 것 같은데 옛날에 교무부장이나 학주라고 하잖아요. 그런 걸 맡아서 애들이 사고를 치고 상담했던 것을 두고 했다고 하는 것 같아요. 그걸로 대학원 석사도 받았어요. 근데 그게 옛날이야기잖아요. 그럼에도 본인이 현직 상담사들 보다 낫다고 생각하고 죽어도 상담을 안 받겠대요.

교류를 하는 사람이 부족하다고 느껴요. 언제나 볼 수 있는 친구도 있어야 하고, 남자친구도 있어야 하고, 믿음의 동역자인 크리스천 청년도 있어야 하는데 그 포지션을 담당했던 사람들이 점점 사라지게 돼요. 남사친도 결혼한 뒤에는 같은 지역에 살지도 않고, 자주 연락하지는 않아요. 일단은 거리를 두잖아요. 교회에서는 교류할 사람을 못 찾았어요. 연락하면 연락하는데 언니, 오빠 들이 6살 차이가 나요. 섭섭한 게 저는 동생들한테 힘들면 연락하는데, 언니들은 저를 필요로 하지 않더라고요.

예전에는 많은 걸 해서 각계각층의 다양한 사람을 만나보긴 했는데 그 중에 남은 사람이 없어요. 2020년 사건으로 사람이 필요할 때 그게 그렇게 좌절감을 주더라구요. 계속 할 일이 있으니까 그것들을 하는데 그걸로 사회적 고립감이 해소된다고 하기는 어려워요. 상태가 괜찮을 땐 매일매일 주어진 일이 있으니까 그렇게 외롭다거나 심심하다고 느낄 때가 없기는 해요.

자판 : 은둔형 외톨이 청년에 관해 어떻게 생각하나요?

정별하 : 환자라고 생각해요. 그중에서 과연 몇 명이나 제대로 된 치료를 받을까 싶어요. 평범하고 건강한 사람이 힘든 일 있다고 연락을 끊는 정도면 은둔형 외톨이가 아니라 잠깐 잠수탄 거죠. 당근마켓에 힘들다는 내용의 글이 자주 올라와요. 저는 제일 가까운 병원부터 가라고 얘기를 하는데, 그렇게 얘기를 하는 사람이 거의 저밖에 없어요. 다행히 정신과 추천해달라는 글에는 댓글이 꽤 있어요.

다들 힘내라는 둥 하나도 도움이 안 되는 말을 해요. 특히 어떤 학생이 이유 없이 힘들다고 글을 썼는데 우울증의 아주 전형적인 증상이었어요. 근데 거기에다가 어떤 아저씨는 지금은 그런 거 생각하지 말고 장학금 받고 대학 갈 생각을 하라고 답하는 거예요. 그래서 대댓글을 달았어요.

나라에서 가정 형편이 어렵고, 정신적으로 아파도 도와준다는 것을 평범한 사람들이 많이 알고 있어야겠죠. 정신과에 대해서도 성교육처럼 기본적으로 알려줬으면 하는 바람이 있어요.

어떤 분은 병원 갈 돈이 없다고 병원을 못 가기도 하더라고요. 그동안 몇 군데 다녔지만 좋은 병원을 못 찾아 정착이 안 된 거예요. 그러면 가장 기본적인 케어를 못 받는 거잖아요. 저는 그래도 병원을 다니고, 교회를 다니잖아요. 이 두 가지는 완전 운둔할 때도 했어요. 우울할 때는 계속 약이 들어가야 해요. 저는 18년 동안 한 번도 정신과 약을 끊은 적이 없고, 그 덕분에 자살시도 없이 지금까지 살아남았다고 생각해요.

지역마다 정신건강복지센터가 다 있잖아요. 거기는 돈을 안 내도 한 달에 한 번 집으로 방문해요. 저는 병원 치료가 가장 중요하다고 생각하는 사람이라서 상담만으로는 해결이 안 된다고 생각해요. 상담은 사람의 마음을 많이 풀어주기는 하는데 우울증은 뇌의 호르몬 문제잖아요. 반드시 약을 먹어야 낫죠. 주변을 둘러보면 정신과는 많아요. 근데 사람들이 아직도 많이 안 가요. 그래도 코로나 때 신규 환자가 유일하게 늘은 과가 정신과예요.

익명,
타지 생활이
외로웠어요

자판 : 익명님은 어떤 분인가요?

익명 : 정체를 숨기고 싶어 익명이란 별명을 사용할게요. 딱히 다른 사람들에게 알려지고 싶지 않아요. 현재는 기계 설계 일을 하고 있어요. 자세히 설명하기가 좀 어려운데 자동화 장비 만드는 일을 하고 있어요. 의뢰가 들어오면 제품을 검토하고, 콘셉트를 구상하고, 승인을 받아서 고객이 원하는 자동화를 구현하는 직업이에요. 원래는 대학 시절부터 엔지니어가 꿈이었는데 병역 특례를 받으면서 기계 설계를 하게 되었고, 그때부터 쭉 일하게 되었어요. 23살 때부터 시작해서 17년 정도 했어요.

결혼을 안 했으니까 경제적으로 여유롭다고 할 수 있어요. 자가는 없고, 월세로 자취하고 있어요. 자가를 안 구하는 이유는 여러 가지가 있는데 한 도시에 정착해야겠다는 생각이 안 들었기 때문이기도 하고, 만약에 결혼을 하게 되면 집에 대한 의견이 다를 텐데 당장 집을 살 필요가 있을까라는 생각이 있고, 결혼과 연애를 다 포기하고 혼자 살게 된다면 굳이 그렇게까지 집에 집착할 필요를 못 느꼈기 때문에 그냥 혼자 유유자적 하면서 작은 집에서 살아도 괜찮겠다는 생각이 들어서 그렇게 살고 있어요.

취미는 여러 가지가 있어요. 활동적인 일이랑 정적인 일 둘 다 좋아하는데 운동을 좋아해서 마라톤이나 농구를 하고요. 딱히 고정적인 취미라 하기는 어렵고 좀 뛰고 싶으면 나가서 뛰어요. 아니면 주말에 이곳저곳 나들이 여행을 하기도 하고요. 차로 한두 시간 거리 정도는 찾아가서 구경하는 편이에요. 경기도권 밖으로 나갈 때도 많고, 공주나 태안 쪽도 가본 적도 있고요.

글을 쓰거나 책을 읽기도 해요. 글쓰기는 고등학교 때부터 시작했고, 책 읽는 것도 아마 그때부터 시작하지 않았나 해요. 처음 시작은 판타지 소설을 쓰기 위해서였고, 그때부터도 뭔가 사회 문제에 관심이 좀 있었는데 사회 문제를 순문학으로 풀 수 있는 능력은 안 되니까 판타지 배경을 빌려서 하면 되지 않을까해서 시작했어요. 그 뒤로는 소설적 재능에 한계를 느껴서 에세이 쪽으로 방향을 틀었어요.

에세이는 보통 주변에서 발견할 수 있는 소재, 예를 들어서 노래나 일상생활에서 영감을 얻을 때도 있고, 정치적인 얘기도 많이 쓰는 편이에요. 정치 관련 글을 쓰는 이유는 여러 인터넷 커뮤니티 활동을 하다 보니까 내가 알게 된 걸 사람들이 당연히 알 거라고 생각했는데 생각과는 달리 모르는 경우가 많았어요. 그런데 정치적인 얘기는 어딜 가나 금기시되기 때문에 공론장을 마련하기도 힘들고, 뉴스도 챙겨보지 않는 이상 모르는 경우가 많아서 내가 알게 된 것들을 나름대로 전달하고 싶다는 욕구에서 쓰게 되었어요. 처음에는 뉴스를 보고 뉴스 꼭지에 대해서 이런저런 의견을 제시하다가, 요즘은 뉴스에서 알기 힘든 정보를 좀 더 자세히 전달하고 싶은 생각에 필요하다면 관련 법안도 뒤져보고 이것저것 자료를 조사하는 식으로 글을 쓰고 있어요.

2008년부터 블로그를 시작해서 본격적으로 사회 문제에 대해서 쓰기 시작한 거는 세월호 참사 이후에요. 세월호 참사가 큰 영향을 줬어요. 그때 당시에 정보를 접할 수 있는 창구가 뉴스밖에 없었는데 뉴스가 굉장히 왜곡됐다고 느껴서 독립 언론사들 뉴스를 많이 찾아보게 됐고, 그러면서 사회적인 이슈에 대한 생각이 많이 달라졌어요.

지금도 잊히지 않는 게 에어포켓이라든가 지상 최대의 구조 작전 같은 것들이 그때 당시에는 희망의 불씨였지만, 세월이 흘러서는 그것들이 나중에 다 허위였다는 사실이 밝혀졌어요. 그러면서 정치라는 게 우리 사회에 진짜 많은 영향을 미친다는 것을 느낀 각성의 계기가 되지 않았나 생각해요. 독서는 내키는 대로 관심 있는 분야에 대해서 읽는 편이에요. 다독을 하는 편은 아니어서 많으면 한 달에 한 권 정도를 읽어요.

인생에 있어 최대의 도전이 뭔지 곰곰이 생각했는데 뭐라고 할 수 있는 얘기가 없더라고요. 어떻게 보면 지방에 살다가 수도권으로 올라온 게 최대의 도전이었어요. 학교에서 병역 특례로 자동화를 배울 수 있는 기회가 있다고 제의가 들어왔어요. 처음에는 군대를 가려고 했고, 너무 멀기도 해서 거절했어요. 그때 교수님들이 설득을 하기도 했고, 자동화를 하고 싶었기 때문에 좀 더 꿈에 일찍 다가갈 수 있는 길이 아닌가 싶어서 면접을 봤어요. 당시에는 프로그래머가 꿈이었기 때문에 가서 프로그래머를 하고 싶다고 얘기했어요. 회사에서도 프로그램 쪽 사람이 필요해서 키워주겠다는 얘기를 들어서 갔는데, 그 뒤는 어떻게 보면 험난한 가시밭길의 시작이었어요.

올해 목표는 생각나는 건 없는데 연애를 할 수 있다면 좋을 것 같아요. 연애를 많이 하지는 않았어요. 벌써 한 해의 절반이 지나가기도 했고, 나이가 차니까 뭔가 사람 만날 기회가 제한적이어서 사실 딱히 희망을 품고 있지 않아요. 그냥 막연하게 하면 좋겠다는 정도에요. 노력한다고 되는 게 아니라서요. 10년 뒤의 목표는 직장생활에서 벗어나서 나만의 삶을 사는 거예요. 막연하다고 할 수 있는데 앞서 얘기했듯이 만약에 혼자 살게 된다면 굳이 이렇게까지 일에 얽매여서 살 필요가 있을까 생각해요. 그래서 지금껏 모아둔 돈에 편의점 아르바이트 같은 것을 하면 그래도 혼자서는 살 수 있지 않을까 싶어요. 요즘에 많이 생각하고 있는 게 직장생활보다는 뭔가 나를 위해서 출판할 수 있는 글을 쓰는 것을 생각하고 있는데 방법을 찾기가 마땅치 않아서 실행하지 못하고 있어요. 고향이 경북 구미라 거기에 내려가 살 생각도 있어요. 사실 한 곳에 정착할 수 없는 이유 중에 하나가 고향으로 내려갈 여지를 항상 남겨두기 때문이에요.

글쓰기 모임은 세 달 전에 하기 시작했어요. 안산의 한 카페에서 항상 토요일 오후 2시에 모이고, 사람이 많으면 5명에서 6명, 적으면 3명 정도 모여요. 3명 이상 모이지 않으면 모임은 취소되고요. 운영진이 두 명밖에 없어요. 그러다 보니까 운영진 제의가 왔는데 예전에 운영진을 한 경험이 있기 때문에 거절했고요. 모임을 하고 있기는 하는데 정말 글만 쓰고 헤어지다 보니까 유대감을 느끼기가 힘들어요.

예전에 수원에서 독서 모임을 했었어요. 거기는 한 5년 정도 참여했고, 운영진은 2년 정도 했어요. 이런 모임의 최대 단점이라면 하나의 고정된 주제가 없기 때문에 항상 고정 멤버의 부족을 느꼈고, 멤버가 수시로 바뀐다는 단점도 있었어요. 그러다 보니까 유대감 형성이 되게 어려웠어요. 모임의 지속성에 대해서 늘 한계가 있었어요. 생산적인 모임인가에 대한 고민도 많이 했어요. 그냥 책을 읽고 끝내기보다는 뭔가 더 깊이 생각하는 계기를 주는 모임을 지향했어요. 근데 교양적인 면에 치우친 것 같아서 그게 좀 아쉬웠어요.

수원 독서 모임이 끝나고 사회학만 다루는 독서 모임을 했어요. 거기서도 아쉬웠던 것이 결국 사회학 모임을 하는 이유가 사회적인 얘기를 해서 공론화하고, 사회적 연대를 하기 위함인데 독서모임의 구성원들이 책에 대한 얘기는 많이 하지만 어떤 사회적 사건이 일어났을 때 그 얘기에 대해서는 단 한마디도 하지 않았어요. 그때 독서 모임의 의미에 대해서 많이 고민했고, 공론장을 만들기가 힘들다는 결론에 도달했어요.

한편으로는 내가 지나치게 그런 쪽으로도 추구하지 않았나 하는 생각이 들었어요. 차라리 그런 활동은 블로그에서 개인적으로 하자는 생각이 있고요. 그래서 독서모임은 취미로 즐기자는 쪽에 가까워졌어요. 한편으로 사회학 독서 모임을 하는 동안 계속 사회학만 읽었기 때문에 어떻게 보면 읽기 싫은 책도 억지로 읽은 면이 있었는데 지금은 읽고 싶은 책을 읽으니까 오히려 더 자유로워지지 않았나 생각하고 있어요.

자판 : 가족은 어떤 분들인가요?

익명 : 할아버지는 태어나기 전에 돌아가셔서 잘 모르겠고, 할머니가 계셨는데 어렸을 때는 할머니가 모든 갈등의 중심에 서서 집안 불화의 원인이 됐었어요. 할머니가 다리가 불편해서 밖으로 나가지 못하는 상태였고, 아버지가 제일 막내였는데 그

위에 형, 누나들과 나이 차가 컸기 때문에 아버지가 집에 왔다 갔다 하면서 할머니를 부양했었어요. 근데 할머니가 치매기가 있기도 했었고, 되게 모질었어요. 어머니가 밥을 해드렸는데도 밥을 안 해줬다 그러면서 욕을 하기도 했어요. 모든 갈등의 원인이었고, 그것 때문에 아버지와 어머니가 많이 싸우기도 해서 어린 시절에 할머니에 대한 좋은 기억은 하나도 없어요. 심지어 할머니가 돌아가셨을 때도 눈물 한 방울 나오지 않았어요.

외가 쪽은 딱히 그렇게 큰 기억은 없고, 친척들이 있는데 친척들은 나이대가 비슷하다 보니까 명절 때마다 만나고, 거의 친구처럼 지내기도 하고요. 친가와 외가가 사는 곳은 구미랑 김천 이렇게 나눠져 있고요. 사실 구미라고 하긴 했지만 구미에서 좀 더 들어가서 칠곡이라는 곳에 살고 있어요.

아버지는 제지 공장에서 3교대로 일했었어요. 그래서 어떤 기념일이라든가 특별한 날에도 아버지는 항상 일을 하셨어요. 어렸을 때는 그게 서운함으로 많이 남았어요. 근데 어른이 되고 보니까 그거를 많이 이해하게 됐어요. 아버지는 제가 어렸을 때부터 회사를 다니면서 농사를 같이 했어요. 큰 농사는 아니고 양식할 정도의 농사를 지었기 때문에 매번 부지런하게 사셨어요.

좀 안타까운 게 어렸을 때는 아버지와 굉장히 친밀했었는데 아빠를 아버지라고 부르기 시작하는 순간부터 뭔가 거리가 되게 멀어졌다는 걸 느꼈어요. 그 뒤로 아버지도 저와 동생한테는 그렇게 친밀하거나 살갑게 대하거나 하지는 않았어요. 나중에 장성해서 아버지랑 술 한 잔 할 수 있는 나이가 됐을 때 아버지가 그 이유에 대해서 설명을 해줬어요. 나는 너희보다 아는 게 없어서 말을 할 수가 없다는 얘기를 들었고, 그때 아버지를 많이 이해하게 됐어요. 그래서 지금도 가족 하면 애틋한 기분을 갖고 있어요.

어머니 같은 경우에는 아버지를 도와서 농사를 하면서 가사 일을 하셨고요. 제가 초등학교 때 집 앞에 벽돌 공장이 있었어요. 그 공장의 식당과 공장 안에서도 일을 했었는데, 일을 하다가 기계에 손이 말려 들어가서 크게 다치는 바람에 그 이후로 일은 안 하시고요.

그 어려웠던 시절에 아버지의 가족사는 불운했어요. 아버지는 성인이 되기 전 어렸을 때부터 일을 했었고, 그 위에 큰아버지가 어떻게 보면 망나니 같은 생활을 했기 때문에 그 밑의 조카들을 아버지가 다 부양을 했어요. 그래서 결혼할 때는 모아둔 재산이 하나도 없었던 상태였어요.

어렸을 때는 가난하다고 못 느꼈지만 사람마다 느끼는 게 다르듯이 어른이 돼서 동생은 가난하다고 느꼈다고 많이 얘기했어요. 저는 어떻게 보면 학교에서 좀 비슷한 친구들이랑 어울렸기 때문에 그렇게 가난하다거나 궁하다고는 느끼지 못했어요. 그래도 어머니가 착실하게 가계부도 쓰고, 돈 관리를 했기 때문에 이 정도까지 오지 않았나 생각해요. 지금은 아들 둘 다 장성해서 일을 하고 있어요. 아버지는 지금도 농사짓거나, 농촌에서 물 관리 하러 다니시고, 또 일 없으면 가끔씩 친구들 따라서 건축 일도 하러 다니시고요. 은퇴하고 일흔이 넘었지만 아직도 일을 하고 계세요.

동생은 지금 제주도 공항에서 일하고 있어요. 동생이랑은 성격이 완전 정반대라서 제가 물이라면, 동생은 불이에요. 그래서 서로 트러블이 굉장히 많았어요. 예를 들어서 뭔가에 대해서 A라고 얘기를 했을 때, 동생은 B다 싶으면 끝까지 B라고 우기는 스타일이기 때문에 타협이 안 돼요. 그냥 전화를 끊으면 전화를 다시 걸어서 자기 말이 옳다고 하면서 지나치게 자기 의견에 집착하는 스타일이에요. 그게 지나친 감이 있어서 이제 서로 피하는 게 있어요. 모든 상황에서 동생이랑 대화를 하면 좋을 땐 좋다가 뭔가 갑자기 말 한마디 잘못하면 너무 확대 해석해요. 서로 말이 안 통해요.

가족하고 멀리 떨어져 있기 때문에 1년에 많아야 두세 번 정도밖에 못 만나요. 떨어져 있으니까 보고 싶기도 해요. 몇 해 전에 큰아버지가 돌아가시면서 부모님도 연세가 있다 보니까 언젠가 돌아가실 거고, 돌아가신 후에 후회하지 말자는 생각이 한 해 한 해 갈수록 들어요. 부모님하고는 나름 사이가 좋아요. 요즘은 여름휴가 때면 부모님 모시고 여행을 가는 편이에요. 내려가면 부모님하고 시간을 많이 보내려고 여기저기 찾아서 돌아다녀요.

자판 : 학창 시절은 어땠나요?

익명 : 무난했어요. 친구들이 그렇게 많은 편은 아니었지만 어떻게 보면 학교 친구들이 다 고향 친구니까 나쁘지는 않았어요. 두루두루 엄청 친하기보다는 반갑게 볼 수 있는 그런 정도예요. 대학 생활은 딱히 캠퍼스의 낭만 같은 건 없었어요. 학과가 공대라서 전부 남자들만 있었고, 친구들하고 공강이 있거나 강의가 끝나면 스타크래프트를 했던 기억이 있어요.

성격은 조용한 편이에요. 말수가 적기도 하고요. 그래도 어렸을 때는 학교 갔다 오면 축구하러 돌아다니기도 했고, 동네에서는 골목대장 역할을 했어요. 사람 성격이 복잡하고 다양하다고 느끼는 게 어떻게 보면 저는 기본적으로 조용한 성격이지만, 나서야 될 때는 나서고 외형적인 면도 복합적으로 존재하기 때문에 성격이 고정적이라고 믿지는 않아요.

어렸을 때 편도선염 수술을 했었는데 그게 회복되기 전에 상처 부위가 터지는 바람에 피를 토하고 그래서 급격한 빈혈로 죽을 뻔 했다가 병원에 가서 치료를 받고 살았어요. 어떻게 보면 죽을 고비를 넘겼어요. 그때 고비도 넘겼는데 못할 건 없다고 생각했어요.

자판 : 언제 고립감을 느꼈나요?

익명 : 객지 생활을 처음 시작했을 때 고립감을 느꼈어요. 화성 상기리에서 3년 2개월 정도 일했어요. 병역 특례를 시작하고 수습 기간까지 합쳐서 6개월 있다가 회사에 구조조정이 일어났어요. 직원들은 권고사직으로 나갔고, 같이 살던 사람들은 1년 지나야 회사를 옮길 수가 있었는데 그분들은 딱 1년이 지나서 회사가 어려우니까 이제 그냥 딴 데 가서 일하는 게 낫겠다 해서 나갔어요. 저는 3개월 정도밖에 안 됐기 때문에 남아 있어야 했어요. 그래서 사람들은 다 사직하고, 같이 기숙사 생활하던 형들도 다 나가버려서 혼자 기숙사를 썼어요.

정확하게 기억은 안 나는데 남은 직원이 한 6명 정도였어요. 다 나이 차가 심해서 가장 나이 차가 적은 분이 당시에 서른여섯 정도였어요. 회사 사람도 적은데 일은 해야 하니까 매일 새벽까지 일하는 경우가 많았어요. 그리고 회사 바로 뒤에 계단만 올라가면 기숙사였는데 거기서 왔던 스트레스가 있었어요. 회사에서 늦게 끝나면 사람들이 기숙사로 올라와서 술을 먹는 경우가 많았어요. 어지르는 사람 따로, 치우는 사람 따로여서 그분들은 가면 그만이지만 저는 기숙사를 써야 했기에 그걸 다 치워야 했어요. 예를 들어 회사에서 고기를 구워 먹으면 사람들은 다 먹고 가버리고, 남은 뒤처리는 혼자 다 했어요.

구조조정이 일어나면서 불안감이 커진 상태에서 매일 늦게까지 일하니까 자유가 없었어요. 동네 자체도 굉장히 시골이었기 때문에 갇혀 산다는 기분을 많이 느꼈어요. 회사 주변에 저수지가 하나 있었는데, 저수지까지 들어오려면 차 타고도 한참 들어와야 했어요. 나가려면 1시간 걸어서 버스를 타야지 나갈 수 있었어요. 회사 차를 이용할 수 있게는 해줬지만 그게 평일에는 이용하지 못해서 제한적이었어요. 편의점이나 카페도 없었고, 처음에는 회사 옆에 오리구이집이 있어서 거기서 아침밥을 먹었는데 혼자 남게 되니까 거기도 아침밥을 안 해줬기 때문에 회사 차 타고 한 10분 나가야지 있는 식당에서 밥 먹었어요. 그 정도로 회사 주변에 진짜 아무것도 없었어요.

주말이나 휴일에도 사람들이 나오면 기숙사에 있을 때 문 여는 소리가 들리니까 그 사람들이 언제 올지 모른다는 불안감도 있었어요. 기숙사에만 있으면 고참이 일하는데 왜 너는 기숙사에만 있냐고 한소리 할 것 같아서 아예 사람들이 출근하기 전에 아침 일찍 나갔어요. 사람들이 퇴근하기 전까지는 어떻게든 밖에서 하루 종일 시간을 때워야 하는데 어디 갈 데도 없고, 아는 사람도 없으니까 시간 때우는 게 되게 힘들었어요. 주말에는 회사 공용차를 쓰게 해줘서 근처 읍사무소에 세워놓고 버스 타고 다녔어요. 야구 연습장을 가서 공 치고, 서점이 열면 서점 가서 책 읽거나, 아니면 지하철 노선도를 보고 그냥 가고 싶은 곳을 무작정 찾아가서 시간 때우고 그렇게 생활했어요.

또래조차 한 명 없었기 때문에 뭔가를 터놓고 얘기할 수 있는 사람도 없었고요. 너무 갇혀 산다는 기분이 들어서 외로움을 많이 느꼈어요. 그래서 당시에 회사를 마치면 일단 뛰거나 아니면 공장 앞 저수지에서 바람을 쐬지 않으면 견디기 힘들 만큼 괴로웠어요. 무인도에 있는 것 같은 기분이었어요. 주말에 시내에 나가서 사람들이 나를 피해가면 그제서야 살아있음을 느꼈어요. 여러 요인이 겹쳐서 내일 죽어도 미련이 없겠다는 생각으로 살았는데 지나고 보니까 긍정적인 면도 있었어요. 그때 당시에 죽어도 미련이 없다는 마음이 컸으니까 두려움이 없었어요. 그렇기 때문에 시간이 흐른 뒤에는 뭔가 적극적으로 임했던 게 저한테 도움이 됐어요.

타지 생활을 하는 사람들의 공통점이 결국 회사에서 인연이 생기는 경우가 대부분인데, 퇴사하면 연락을 해도 1년에 한 번 얼굴 보기도 힘들어요. 그래서 항상 만나는 사람이 제한적일 수밖에 없고, 인맥이 굉장히 좁아요. 모임 같은 데를 나가도 비즈니스적인 관계여서 유의미한 인간관계로 이어지는 경우가 거의 없어요. 객지 생활 초기에는 그런 거에 대해서 굉장히 고민도 많이 하고, 실망도 많이 했어요. 그런 생활이 익숙해지니까 별로 개의치 않게 되었고요.

일이 끝나고 잠시 고향에 내려갔다가 다시 경기도로 올라왔어요. 지금까지 다 합치면 이직을 6, 7번 정도 한 것 같아요. 지금도 타지 생활을 하지만 하도 오래돼서 그렇게 외롭다는 생각은 안 들어요. 지나치게 면역이 된 것 같기도 하고요. 그래서 연애도 막연하게 하고 싶다고 생각만 하고 적극적이지 않아요.

자판 : 고립감을 느끼는 원인이 무엇인가요?

익명 : 하고 싶었던 분야의 일이 수도권에 몰려 있었기 때문에 어쩔 수 없이 타지생활을 선택했어요. 고향에 내려가 있던 시절에도 결국엔 다시 위로 출장을 갔기 때문에 타지 생활을 할

수밖에 없어요. 지방이 활성화되려면 지방에도 좋은 일자리가 있어야 해요. 구미 같은 경우에는 원래 LG나 삼성이 있었는데 수도권으로 다 빠져나가는 바람에 경제적 타격을 심각하게 입었어요. 결국에는 양질의 일자리가 없으니까 서울로 몰리지 않나 해요.

객지 생활을 하면 아마 정확히 반으로 갈라지지 않을까 싶어요. 적응을 못해서 다시 돌아가는 경우에는 아마 적응이나 외로움의 문제가 클 것 같고, 그래도 일자리 때문에 꾸역꾸역 버티는 사람이 있을 거고요. 제 주변에서 같이 병역 특례 했던 사람들은 다 지방으로 내려갔고, 저 혼자만 남았어요.

수도권으로 올라오는 사람도 있지만, 반대로 낯선 환경에 대한 두려움 때문에 못 오는 사람도 있을 거고요. 동창회를 기준으로 하면 타지로 떠난 친구들보다는 고향에서 생활하는 친구들이 더 많아요. 그래도 타지로 떠난 친구도 꽤 있는 걸로 알아요. 제가 있는 지방도 지방소멸의 위기에 놓여 있어요. 제가 나온 초등학교가 100년 된 초등학교인데 입학생이 지금 100명도 채 안 된다고 들었어요. 초등학교를 폐쇄한다는 얘기가 나오고 있는 실정이에요.

결국에는 수도 이전이 현실적인 대안이 될 수밖에 없을 것 같아요. 근데 그게 정치적으로 굉장히 반대에 부딪치니까 불가능한 일이라고 생각해요. 고향에서 벗어나고 싶어 하는 사람은 솔직히 없다고 봐야죠. 아무리 수도권이 인프라가 넓고 잘 되어 있다고 해도 고향에 대한 그리움이 다 있어요. 저도 여건만 된다면 고향에 내려가고 싶어요. 도시는 인프라가 좋긴 한데 뭔가 되게 꽉 막혀 있다는 느낌을 많이 받거든요.

사람은 결국엔 사람과 교류를 하지 않으면 살아갈 수 없지 않나 생각해요. 지금은 외로움을 크게 느끼지 않는다고는 하지만 외로움을 뼈저리게 경험했어요. 그래서 고립감에 대한 얘기를 들으면 영화 〈캐스터 어웨이〉가 생각나요. 만약에 무인도에 떨어져서 의지할 수 있는 사람이 한 명도 없을 때 어떻게 해야 할까 생각해요. 영화의 주인공이 윌슨이라는 배구공한테 혼잣말을 많이 하는 게 이해가 돼요. 저도 그 시절에는 혼잣말을 굉장히 많이 했어요. 지금도 마찬가지고요. 결국 교류를 통해서만 살아갈 수 있다는 걸 많이 느끼지만, 또 그게 현실적으로 잘 안되기 때문에 고립감을 느끼지 않나 생각해요.

사람을 만나기가 힘들어요. 일상생활에서 사람들은 어떤 모임을 통해서든 끊임없이 누군가를 만나기 위해서 노력하는데 비즈니스적인 관계로 이어지면 이게 고립감을 느끼는 이유 중에 하나가 아닐까 해요. 회사 생활도 사람의 정을 느끼기가 힘들고, 군대식 상명하복 문화에 익숙해요. 그래서 인간관계를 느끼기 힘든 환경이 만연해 있어요. 어렸을 때처럼 순수하게 친구가 되기보다는 선을 긋는 느낌이 강해요.

이게 한국의 독특한 문제라고 생각해요. 우리나라에서는 나이가 높은 장벽이어서 서로 친해지기가 어렵게 하고, 직업이나 다른 뭔가로 재단하는 성향이 강해요. 사람을 그냥 사람으로 이해하기보다는 나한테 도움 될 사람과 도움 되지 않을 사람으로 나누는 성향이 큰 것 같아요. 또래가 있다면 또래만이 공유하는 어떤 가치관이나 문화적 생각이 있을 텐데 회사에 또래가 없다면 아무래도 나이 든 분들이랑 세대 차이를 느끼기 때문에 고립감을 느낄 수도 있지 않을까 해요.

대학생 때 소설 카페를 운영했었어요. 고등학생 때 같이 활동하던 카페 멤버들이 기존 카페가 망하면서 새로 차렸는데, 거기서 고3인 친구와 같이 운영을 했었어요. 그 친구는 고3이라는 이유 때문에 운영에 소홀했어요. 그래서 이해하고 넘어갔는데 그 친구가 대학생이 되고 나서도 마찬가지로 소홀했어요. 그 부분에 대해서 얘기를 하다가 그 친구가 갑자기 자기는 카페를 관두겠다 해서 그때 많이 실망했어요. 같이 활동하던 카페 멤버가 한 7명 됐었는데 저 혼자만 하고 있고, 왜 다른 사람들은 관심이 없을까 생각했어요.

근데 사회생활을 하면서 나이를 먹고 직급이 올라가면서 그때 상황이 사회에서도 똑같이 적용된다는 걸 느꼈어요. 결국 내일이 아니면 사람은 관심이 없다는 사실을 깨달았어요. 그 후에 스물다섯 때 고향 친구한테 오랜만에 전화가 와서 정말 반가웠어요. 그때 당시에 고향 친구가 성남에 살고 있다고 해서 찾아 갔어요. 되게 좋게 얘기하고 집에 가려고 하는데 끝까지 붙잡아서 찜질방에서 자고 그다음 날 집에 가려고 했어요. 그런데 그게 결국 사이비 종교 포교를 위한 거였어요. 그때 굉장히 실망했어요. 고향 친구가 어떻게 이렇게까지 할 수 있을까 생각했어요.

진정한 친구라고 할 수 있는 사람이 다섯 명만 있어도 정말 좋지 않나 생각해요. 표면적인 친구가 아니라 인생에 끝까지 갈 수 있는 사람이 다섯 명만 있다면 정말 부자일 거고, 그런 사람이 한 명만 있어도 정말로 좋을 거라고 생각해요. 진정한 친구라는 게 뭔가 내가 어려움을 겪을 때 알 수 있다고 생각하니까 몇 명 있는지는 잘 모르겠어요. 그렇게까지 진정한 친구를 따지기보다는 지금 연락을 주고받는 사람들에게 참 고맙게 느끼고 있어요.

성격이 조용하다 보니까 사람들에게 더 적극적으로 다가가기 힘들었고, 그런 성격 때문에 인간관계를 맺지 못했나 생각해요. 물론 사람들 자체가 모임에서 그렇게 적극적인 인간관계를 형성하려는 의도가 없다는 게 크지만요. 성격상 관심 있는 것에는 굉장히 관심이 있는데, 관심 없는 거는 아예 관심이 없는 게 좀 있어요. 그래서 관심 없는 주제가 나오면 대화에 끼기가 힘들었던 경우가 많았어요.

제가 블로그에서 쓰는 글도 사람들이 관심 갖지 않는 주제를 써요. 평상시에도 사람들이 관심 갖지 않은 것에 오히려 관심이 많아요. 그걸로 고립감을 느끼진 않았어요. 사람마다 관심사는 다르니까 거기에 대해서는 크게 신경 쓴 적은 없어요. 그냥 나는 나, 너는 너 이런 느낌이었어요. 남들의 시선에 딱히 신경 쓰지 않아요.

현대사회에서 사람들이 SNS를 하면서 중요시하는 게 소통이 잖아요. 사람들은 자신에게 끊임없이 관심을 가져주길 바라지만 어떻게 보면 굉장히 소비적으로 끝나는 경향이 많기 때문에 공허한 기분을 느낀다고 생각해요. 타인이 주는 관심이 없다고 생각할 때 고립감이 느껴지는 게 아닌가 해요. 또 SNS에 행복만 있다는 얘기가 많은데 그게 어떻게 보면 가공된 것인데 그걸 보면서 부러움을 많이 느끼고, 계속 타인과 비교하면서 살다 보면 굉장히 소외감을 느끼지 않을까 해요. 앞으로 기술은 더 발전할 거고, 일자리 자체도 격변이 일어날 거기 때문에 인간관계가 지금보다 더 단절된 사회로 나갈 거라는 생각을 많이 해요.

최근에 『아버지의 해방일지』라는 소설을 읽고 느낀 게 저희 할머니가 돌아가셨을 때도 시골이었기 때문에 장례를 치를 때 동네 사람이 많이 왔어요. 그 소설에서 아버지와 관계된 사람들이 많이 찾아오지만 만약에 내가 죽음을 맞이했을 때 과연 올 사람이 얼마나 있을까라는 생각이 들었어요. 소설에 나오는 아버지 세대까지만 해도 동네 촌락이 유지되고 있고, 씨족이라는 테두리 안에 있었어요. 현대는 핵가족화 되고, 직업에 의해 뿔뿔이 흩어지면서 가족이란 단위 자체가 사라지고 있고, 옆집에 누가 있는지도 몰라요. 그런 상황에서도 사람은 계속해서 누군가를 만나길 원하지만 형성되는 인간관계들이 비즈니스적인 경우가 많기 때문에 앞으로도 고립감은 점점 더 커질 거라고 생각해요.

사회적으로 마을 공동체가 나쁘다는 인식이 강한 것 같아요. 오히려 이게 무너지는 게 문제라고 생각해요. 교류할 수 있는 인맥이 점점 줄어들 수밖에 없는 환경에 놓이면 연대감 자체가 없어질 거고, 그러면 파편화된 사람들이 어떤 문제에 대해서 논의할 기회도 없을 거고요. 개인주의가 강해지는 이유도 여기서 찾을 수 있어요. 저는 사회적 연대라는 말을 좋아하지만 그런 게 무너지면서 연대 자체가 불가능한 환경이 만들어지고 있다고 생각해요.

고립감은 구조적인 문제가 많이 영향을 끼친다고 생각해요. 수능도 12년이라는 긴 과정이 있고, 수능이라는 시스템 자체도 결국에는 성공과 관계가 있어요. 성공이라는 게 정말 단순화시킨다면 대기업 가거나, 판검사 되기 위해서 또는 의사가 되는 거예요. 이런 성공을 위해서 어렸을 때부터 경쟁에 익숙해지기 때문에 친구 사이가 소홀해질 수밖에 없어요.

그리고 지나치게 그룹화되는 경향이 있는 것 같아요. 한 다큐멘터리에서 나오듯이 강남 같은 데는 이미 어렸을 때부터 목표가 다 정해져 있어서 사교육에도 엄청나게 돈을 쓰잖아요. 결국 돈 많은 그룹과 돈 없는 그룹으로 나뉠 수밖에 없고, 인간적인 교류가 그런 그룹 안에서만 이루어지겠죠. 점점 더 그런 경향이 심해질 것 같아요. 직업 자체도 지나치게 서열화되는 경향이 강하고, 가뜩이나 그런 상태에서 SNS의 영향도 빼놓을 수 없을 것 같고요. 그렇기 때문에 기술은 점점 발전하지만 불행은 더 커지고 있지 않나 생각해요.

고립청년이라고 하면 취업을 포기하고, 밖으로 나가지도 않는 히키코모리를 생각하는 경우가 많을 것 같아요. 뉴스에서도 그런 식의 보도가 많아서 고립청년 관련해서 공론화가 안 되는 가장 큰 이유가 아닐까 생각해요. 저 자신도 그런 인식에서 크게 벗어나지 못했던 것 같아요.

경쟁 사회에 근본적인 문제가 있지 않을까 생각해요. 대학을 가고, 대학이 서열화되는 이유가 결국에 좋은 직업을 갖기 위해서잖아요. 그렇게 대학을 졸업해서 사회에 나왔을 때 막상 맞닥뜨리는 사회는 자기가 생각했던 사회와는 굉장히 차이가 있어요. 직업을 찾다가 괴리를 너무 심하게 느낄 거고, 사회에서 굉장히 비교를 많이 하기 때문에 포기하면 실패한 인생이란 낙인을 찍어버려요. 거기서 청년들이 자기 자신을 평가 절하할 거라고 생각해요.

자판 : 고립감을 어떻게 해소하나요?

익명 : 고립감을 완벽하게 해소하는 방법은 없을 것 같아요. 외로움에 면역이 됐다고 하지만 때때로 느껴지는 외로움이 크기 때문에 해소라기보다는 그냥 견디는 것에 가까운 것 같아요. 취미생활을 하는 것 정도가 견디는 방법이 아닐까 생각해요. 친구들이 결혼을 하면 육아다 뭐다 해서 굉장히 만나기가 힘들어요. 전화라도 하면 아쉽지는 않고, 고향 가면 만나는 사람이 있어요. 수도권에서 사람을 만나는 경우는 1년에 두세 번 정도에 지나지 않고요.

아이러니하게도 고립 생활이 지속되다가 훈련소로 가게 됐는데, 한 달 지나고 다시 복귀하니까 세상이 달라 보였어요. 그 때부터 뭔가 긍정적이었던 것 같아요. 그래서 참 뭐라고 답하기 힘든 게 어떻게 보면 사람이 없는 환경에서는 계속 고립감을 느 낄 수밖에 없기 때문에 개인적으로 뭔가 풀어낼 수는 없을 것 같아요. 주변의 관심이 제일 중요할 것 같은데 그게 정말 현실 적으로 힘든 부분이기 때문에 해결되기가 어렵다고 생각해요. 사람이라는 게 일단 한번 감정에 빠지면 거기서 헤어 나오기 굉 장히 어려워서요.

저도 심리적으로 나락으로 떨어졌던 데가 있었어요. 그러던 어느 날 거울을 보는데 나 자신이 너무 한심하고 초라해 보여 서 화가 막 치밀어 올랐어요. 그래서 뺨을 한 대 쳤어요. 그렇게 설움에 받쳐서 뺨을 계속 때리면서 막 울었거든요. 그렇게 울고 나니까 되게 시원해지고, 우울한 게 좀 풀렸어요. 사회적으로 울면 안 된다는 게 강한데 슬픔을 굳이 이겨내려고 하기보다 그 냥 터뜨리고 받아들이는 것도 방편이라고 생각해요.

심리적으로 힘들 때 제일 듣기 싫은 말 중에 하나가 힘내라는 말이듯이, 타인에게 관심을 주기 위해서 말을 던졌는데 당사자 입장에서는 전혀 내 마음을 몰라주는 것처럼 느껴요. 저도 고립 감을 느꼈을 당시에 집에서 좀 힘들다는 내색을 드러내면 그래 도 어쩌겠냐, 힘내라, 버텨라 이런 얘기를 들었는데 되게 듣기 싫었거든요. 아마 고립감을 느끼는 청년들도 마찬가지지 않을까 해요. 손을 내밀어주는 마음은 이해하지만, 그런 말을 들으면 와닿지 않기 때문에 그 손을 밀어내지 않을까 생각해요. 그래서 어렵기는 하지만 정말 끊임없는 관심 빼고는 방법이 없다고 생각해요. 결국 속 얘기를 나눌 수 있는 사람이 필요해요.

고립청년 생존기

발행일 2023년 9월 1일
지은이 추승현
펴낸이 추승현
표지 디자인 곽다인
펴낸곳 수다판
이메일 diaaid@naver.com

ISBN 979-11-980622-1-5(03810)

※이 책은 화성시문화재단의 '2023 청년예술인 자립지원' 지원금을 받아 제작된 책입니다.